KB117550

나만 아는 풀꽃 향기

나만 아는 풀꽃 향기

지은이 나태주, 나민애
펴낸이 임상진
펴낸곳 (주)넥서스

초판 1쇄 발행 2023년 5월 4일
초판 4쇄 발행 2024년 11월 28일

출판신고 1992년 4월 3일 제311-2002-2호
10880 경기도 파주시 지목로 5 (신촌동)
Tel (02)330-5500 Fax (02)330-5555

ISBN 979-11-6683-558-2 03810

KOMCA 승인필

www.nexusbook.com
&(앤드)는 (주)넥서스의 문학 브랜드입니다.

나만 아는 풀꽃 향기

나태주 시인이 딸에게 보내는 편지

나태주 · 나민애 지음

&

최소한의 아버지

누군가의 아들
누군가의 형제
누군가의 친구
누군가의 이웃으로 살면서

직장인, 사회인,
가장 많이 마음을 주고 산 것은
시인

그러다 보니 작아질 대로
작아진 마음
최소한의 아버지
초라한 남편

미안해요, 여보

나만 아는 풀꽃 향기

미안하구나, 애들아

지나온 날을 돌아보며

고개 숙인다.

옛 사진을 정리하며

책을 내자는 제안을 받았다. 글 쓰는 사람에게 책을 내자는 제안이란 반갑고 좋은 소식. 더구나 나의 최근 좌우명이랄지 인생 목표랄지가 '거절하지 않기와 요구하지 않기'가 아니었던가.

덜컥 승낙하고 만 거야. 그런데 그게 평범한 책이 아니고 딸하고 함께 내는 책이잖아. 지난번에도 민애, 네가 쓴 책 『반짝이지 않아도 사랑이 된다』를 출판사로부터 온 피디에프로 미리 받아서 읽다가 밤새워 울먹였고 내내 가슴이 아팠고, 끝내는 '괜히 읽었다'는 최종 느낌을 가졌지 뭐니.

그런데 이번에도 그 꼴이야. 우선은 너에 관한 나의 시

나만 아는 풀꽃 향기

들을 정리하고 어제는 종일 너의 사진을 정리하다가 그만 몇 차례나 울었지 뭐니. 내 참, 80살 가까운 사람이 딸의 어릴 적 사진을 들여다보면서 눈물을 지우는 꼴이라니!

사람이 80살쯤 되면 있던 사진도 버리고 새롭게 사진 찍기를 싫어하고 그런다는데 나는 안 그래. 여전히 새롭게 사진 찍기를 좋아하고 오래 묵은 사진을 지극정성으로 보관하고 있지. 그게 나한테 '궁기窮氣'가 있어서 그래. 어려서부터 채우지 못한 궁한 마음 말야.

종이, 책, 장갑, 필기도구, 사진 그리고 편지. 그런 것들이 나한테 남은 궁기란다. 그래서 그런 걸 거야. 지금까지 내가 한 장도 버리지 못하고 보관하고 있는 것이 바로 사진이고 다른 사람으로부터 받은 육필 편지란다.

어쨌든 이번 책은 그냥 편한 마음으로 쓰기는 틀린 것 같다. 쓰면서 마음이 많이 아프고 아릴 거야. 하지만 나는 많이 아픈 것은 이제 싫어. 그동안 충분히 많이 아팠다는 생각이거든. 평생을 두고 내가 시를 쓴 사람인 것은 마음이 많이 아팠다는 증거지. 그래서 너한테도 시 쓰는 걸 처음부터 권하지 않았던 거란다.

시를 쓰는 사람은 마음이 미리, 많이 아팠던 사람이야. 그런 걸 내가 너무나도 잘 알면서 왜 세상에 하나밖에 없는 딸인 너에게 시를 쓰라고 하겠니? 시인의 딸이니까 시를 써야 한다는 건 말도 안 되는 소리야. 시인의 딸이니까 시를 쓰지 말아야지.

시 쓰기란 기질을 드러내는 작업이고 집안의 내력이 바탕이 되는 건데 우리같이 한미寒微하고 초라하고 구차하기 그지없는 집안의 시인은 나 한 사람으로서 충분한 일이란다.

어쨌든 말이야. 그래서 내가 서사문학에 능력이 없는 거야. 나는 너무 많이 아픈 것이 싫고, 이별이 미리 싫고, 더구나 사람이 죽는 건 십분 피하고 싶거든. 너도 알다시피 서사문학은 어느 부분에든 위기와 파괴와 죽음이 들어가야 하는데 나 자신 그걸 감당하지 못하는 거야.

지난번 나의 어린 시절 이야기를 쓴 책, 『이제는 잊어도 좋겠다』란 제목의 책을 쓸 때만 해도 그런대로 행복했고 따스한 느낌이 있었단다. 그러니까 그게 아주 오래 묵은 나 자신의 어린 시절에 한정된 이야기이고 이야기의 중심에 나를 보호해 주신 어른들이 있었기에 그랬을 거야.

그런데 이번은 아닐 것 같아. 이야기의 중심에 네가 들어가야 하고, 네 이야기를 따라 내가 지켜보는 사람이 될 테니까 말야. 아무래도 쑥스럽고 마음이 어둡고 미안하고

나만 아는 풀꽃 향기

후회스럽고 끝내는 처량하기까지 할 거야.

　그런데 어쩌겠니. 이미 승낙한 일이고 이런 책도 한번은 생전에 내 볼 만한 책일 테니까 아픈 마음을 달래면서 조금씩 써 보아야지. 그래, 너만 좋다고 하면 나도 좋아. 나도 용기를 내어 조금씩 써 볼 거야.

　산문 형식이겠지만 그 안에 시도 들어갈 것이고 사진이 여러 장 들어가고 한두 개 그림도 들어갈 거야. 어쨌든 함께 가 보자. 그러다 보면 네가 보는 세상이 보이고 내가 보았던 세상도 보이겠지.

　너도 알겠지만 나는 네가 글을 쓰는 사람인 것이 너무도 좋고 기쁘단다. 아버지와 딸이 글 쓰는 동지인 집안이 세상에 몇이나 되겠니? 그것 하나만 가지고서도 나는 너한테 고맙게 여기는 마음이란다. 그것도 나는 시를 쓰지만 네가 산문을 쓰는 사람이어서 다행이야.

　자, 그럼 천천히 가 보자. 어디까지 갈지는 모르겠지만 숨을 고르면서 한 발자국 한 발자국 가 보자. 너와 함께 가는 이 길이 끝내 나에게 행복한 느낌, 기쁜 느낌, 환한 세상을 다시 한번 약속해 줄 것을 믿는다.

목차

1장
못난이 인형

네가 태어나던 날

민애야, 네가 세상에 처음 온 날은 1979년 6월 26일. 오후의 시간. 엄마의 기억으로는 1시에서 2시 사이. 공주의 시내 중앙통에 있었던 김산부인과란 병원에서였지.

엄마의 나이는 30세. 아빠는 34세. 고향 서천에서 살다가 바로 그해 3월 공주로 이사를 오고 공주교대 부설초등학교 교사로 발령받아 근무할 때였지. 학교에서 근무하다가 급하게 병원에 갔었던 것 같아.

너의 출산 예정일은 6월 25일. 그날에 맞춰서 막동리의 할머니가 오셨는데 한 밤을 함께 지내고 다음 날 네가 태어난 거야. 아빠는 출근하고 할머니가 함께 집에 있다가 엄마를 택시에 태우고 병원에 데리고 가셨을 거야.

나는 소식을 듣고 학교에서 외출을 허락받고 급하게 자

전거를 타고 병원에 갔던 것 같아. 날씨가 무척 더웠고 병원에 도착하자마자 병원 화장실에서 얼굴을 씻었던 기억이 나.

잠시 숨을 돌리고 병원 복도에 앉아 있는데 병원 수술실 안에서 의사와 간호사가 말하는 소리가 밖에까지 들리는 거야. 한참을 그렇게 불안한 마음으로 앉아 있는데 간호사분이 밖으로 나와서 "애기가 딸이에요. 자라면 예쁘겠어요."라고 말해 주었지.

그 간호사분은 실은 의사의 부인 되는 사람. 조금 전까지만 해도 아기 낳는 너희 엄마에게 반말로 말하면서 호되게 다그치고 그러던 사람이었어. 그때 나는 왜 저 사람이 우리 집사람에게 저렇게 함부로 말하나, 그것이 좀 불만이었고 속이 편치 못했지.

그렇지만 이미 임신 기간 중 산부인과 의사를 통해 배 안에 있던 네가 딸이라는 말을 들었기 때문에 엄마가 너를 낳는 동안에 여자인 너희 엄마의 고통과 여자로 태어나는 너의 앞날에 대해서 생각해 보았지. 아, 새로 태어나는 저 아이도 엄마처럼 아기 낳는 고통을 겪겠구나.

얼마 뒤에 처음 만난 너는 별로 예쁜 모습은 아니었어. 엄마 배 속에서 처음 세상으로 오느라고 고생을 많이 한

나만 아는 풀꽃 향기

탓이었을 거야. 그러나 특별한 점은 갓난아기의 머리숱이 엄청 많았다는 점이야. 숫제 다 자란 아이처럼 머리가 우북하게 자라 있었던 거야.

너보다 두 해 먼저 태어난 너희 오빠는 아예 민머리로 태어났고 돌이 되도록 머리숱이 많지 않았거든. 한 엄마의 배 속에서 태어난 두 아이가 어쩌면 이렇게 머리카락이 다른가, 아빠는 그것이 오래 두고 궁금했단다.

집 없는 자의 슬픔

병원에서 너를 데리고 온 집은 아빠가 근무하던 학교 근처 길가에 있는 금학상회라는 구멍가게 안집. 아주 낡고 허름한 집인데 그 집 별채에 딸린 방 두 칸을 우리가 월세로 얻어서 살았단다.

우리가 살던 방은 제민천 개울가로 난 방인데 아침부터 햇살이 바로 비쳐 들어 방 안은 엄청 더웠고 후덥지근하고 습기 차고 답답했단다. 거기다가 오래 비워 두었던 방이었기 때문에 퀴퀴한 냄새까지 났지. 그런 방 한구석에 아기 요를 깔고 너를 눕혔단다. 그런데 주인집 눈치가 좀 안 좋은 거야.

왜 셋방을 얻어서 들어올 때는 아기가 하나라고 말하면서 배 속에 들어 있는 아기를 말하지 않았느냐는 거야, 글

나만 아는 풀꽃 향기

쎄. 그 말을 듣는 순간 많이 서러운 마음이었지. 집 없는 사람의 서러움 말이야. 어떻게 셋방을 얻어 들어오는 사람이 배 속에 아기가 있다는 것까지 미리 말하면서 방을 얻겠니?

그 시절 그 집에는 아직 수돗물이 들어오지 않아서 작두샘에서 물을 품어서 식수와 빨래 물을 썼는데, 너희 엄마가 기저귀를 빨려고 작두샘 물을 품어 올리면 그 옆을 지나다니며 샘물을 너무 퍼서 쓴다고 불평을 했다지 뭐니. 역시 집 없는 사람의 슬픔이었단다.

학교에서 퇴근해서 돌아와 보면 너희 오빠 3살짜리는 마당에서 흙 놀이를 하면서 노는데 그 흙이 바로 연탄재로 된 흙이었단다. 가까이엔 닭들이 눈 똥이 뒹굴어 다니고. 너희 엄마 혼자서는 두 아이를 감당할 수 없어 너희 오빠를 그렇게 마당에 놀도록 내버려 둔 거야.

무엇보다도 우리에겐 우리가 들어가 살 우리의 집이 필요했단다. 그때만 해도 우리나라는 전체적으로 주택 사정이 매우 열악했었지. 오늘날 흔해 빠진 아파트란 것이 공주 시내에 한 군데도 없었으니까 말이야.

엄마와 나는 틈만 나면 너를 안고 너희 오빠는 걸려서 셋방 집 주변에 있는 금학동 골목길을 걸어 다니며 이 집

저 집을 기웃거리며 다녔단다. 모두가 헐고 낡은 집들만 있는 거리였지만 아, 저런 집이라도 있었으면 얼마나 좋을까, 그런 간절한 심정으로 말이야.

초롱이

네가 태어나서 삼칠일이나 지난 어느 날이었을까. 공주사범대학에 다니면서 글을 쓰는 두 대학생이 아빠가 근무하는 학교로 찾아왔단다. 그 시절만 해도 중앙 문단에 이름을 올린 시인이 드물었고 글을 쓰는 사람들끼리 찾아다니면서 만나고 그러던 낭만적인 옛 풍습이 남아 있던 때였거든.

아마도 그날은 소낙비가 내려 제민천 개울물이 불어 시뻘겋게 흙탕물로 흘러가던 그런 날이었을 거야. 두 사람은 이미 시내에서 술을 마시고 살짝 취한 상태였고 그들은 제민천 길을 따라 거슬러 오느라고 비에 젖어 종아리까지 바짓가랑이를 걷어 올린 채였지.

두 사람의 이름은 전종호와 정영상. 정영상은 서양미술

을 전공하면서 시를 쓰던 학생이었고 전종호는 국문학과 학생이면서 이미 서울에서 나오는 문학잡지에 시 작품이 당선되어 대학생 시인으로 이름을 날리던 사람이었지.

우리 세 사람은 가까운 술집으로 가서 막걸리를 마셨단다. 그때만 해도 아빠가 젊은 나이였고 술을 제법 좋아하던 때였으니까. 어떻게 초등학교 교사인 내가 대학생들과 알고 지냈느냐고? 공주로 와서 살면서 몇 차례 공주사대 학생들이 모여서 글을 읽고 합평도 하던 '율문학'이란 문학동인회에 초청되어 갔었거든.

술을 마시고 난 두 사람은 나를 찾아오면서 시내 신발

1983년 5월, 민애 4살 때.

나만 아는 풀꽃 향기

가게에서 샀다면서 꽃고무신 한 켤레를 내미는 거야. 내가 딸을 낳았다는 소식을 들었다면서 아기에게 줄 선물이라는 거야. 기분이 좋아진 나는 두 대학생을 데리고 집으로 갔단다. 그 구멍가게 바깥채 셋집 말이야.

너는 물론 아기 요 위에 누워 잠들어 있었지. 잠든 네 옆에 두 사람은 꽃고무신을 놓고 아기 이름까지 지어 주었단다. '초롱이'. 초롱꽃이나 초롱불처럼 예쁘고 밝게 살라는 기원이 담긴 이름이지. 우선 아빠는 그 이름이 고맙고 마음에 들었어.

그렇지만 네가 어른이 되었을 때, 또 할머니가 되었을 때를 생각해 보니까 아닌 거야. 그래서 다시 생각했지. 아기의 이름을 지어야겠다. 실은 네가 태어나기 전에 이미 너의 이름을 지어 놓은 일이 있단다. 그 이름은 신애. 믿을 신信 자에 사랑 애愛. 연음으로 발음하면 '시내'가 되지.

하지만 그 이름은 너의 사촌 언니에게 갔어. 너보다 한 발 앞서 태어난 너의 사촌 언니가 그 이름을 가져갔어. 하는 수 없이 아빠는 신애란 이름에 이어서 지금의 너의 이름 '민애'란 이름을 지었지. 이번에는 백성 민民 자에 사랑 애愛.

아빠의 생각은 그래. 여자에게 중요한 것이 사랑인데 사랑을 하더라도 평범하고 행복하게 하라는 뜻으로 백성 민 자를 택했고 또 널리 폭넓게 사랑하면서 살라는 뜻으로 백성 민 자를 택했지. 오히려 신애란 이름보다 품이 넓은 이름이라고 생각한단다.

민애야. 지금도 그 꽃고무신이 남아 있다면 얼마나 좋을까. 하루하루 살기 힘들고 두 아이 키우느라 고생스러운 너희 엄마는 술에 취해 젊은 학생들을 데리고 누추한 셋방으로 돌아온 아빠가 많이 싫었겠지. 오늘에 와서 생각해보면 엄마한테 많이 미안한 일이다.

딸아이

너를 안으면
풀꽃 냄새가 난다

세상에 오직
하나 있는 꽃,

아무도 이름
지어 주지 않는 꽃,

네게서는 나만 아는
풀꽃 냄새가 난다.

너희 엄마

이제는 너희 엄마에 대해서 소개해 줄 차례야. 네가 모르
는 너희 엄마, 너와 만나기 이전의 너희 엄마에 대한 이야
기니까 그럴 필요가 있다고 생각해. 너희 엄마는 1949년
생, 소띠. 이름은 김성예. 청풍 김씨 집안. 구 남매 가운데
셋째 딸. 어려서는 '경배'라고 부르기도 했다는구나. 그래
서 교회 다니는 또래 아이들이 '경배합시다' 하고 놀리면
울기도 했다는구나.

　고향은 충남 부여군 충화면 가화리, 송정저수지 안 동
네. 외지고 깊은 산골에 자리한 마을. 바깥 동네 사람들이
'토끼 발 막아 사는 마을'이라고 말하는 산골 동네. 교통이
불편하고 힘들었는데 이제는 마을 앞 들판으로 큰길이 뚫
리고 주변이 개발되어 상전벽해桑田碧海가 된 마을.

그 마을에서 너희 엄마는 아주 순하고 순결하고 성숙한 처녀로 자랐단다. 너희 엄마 나이 24세 때 어느 봄날의 아침, 너희 엄마네 고향 동네 한 아주머니가 너희 엄마를 중매 서기 위해 길을 떠났단다. 동네 사람들이 떠버리라고 부르는 아낙이었지.

그런데 그날 아침 아빠가 학교에 출근길에 또 다른 떠버리 아줌마를 만났지 뭐냐. 그 아줌마는 아빠네 동네 이웃 동네인 가공리에 사는 아줌마인데 나를 좀 알고 있었던 모양이야. 아이들과 함께 왁자지껄 출근하는데 그 아줌마가 알은체하는 거야.

"선생, 아직도 장가 안 갔슈?" 다른 날 같으면 기분 나쁘다고 대꾸도 하지 않고 핑 지나칠 일인데 그날은 유난히 공손하게 "네, 아직 안 갔습니다."라고 대답했던 거야. 그러고는 헤어졌는데 1교시 수업을 하고 있는데 밖에서 창문을 두드리는 소리가 들리는 거야. 누굴까, 생각하며 밖으로 나가 보았더니 아침의 그 떠버리 아줌마가 키가 훌쩍 큰 낯선 아주머니와 함께 서 있는 거야.

"웬일이세요?" 내가 물었을 때 의외로 말을 한 사람은 우리 동네 떠버리 아줌마 옆에 서 있던 키 큰 아줌마였던 거야. "좀 작네." 나는 대번에 그 뜻을 알아차렸지. 그건 내

키를 보고 말하는 것이란 것을. 늘 나는 키가 작은 게 흠이었고 또 스트레스가 되었거든.

이어서 우리 동네 떠버리 아줌마의 기나긴 설명이 있었지. 내용은 이랬어. 자기가 나와 헤어져 건넛마을 오일장을 보러 가다가 들판 가운데 논길에서 너희 엄마네 동네 떠버리 아줌마를 만났다는 거야. 서로 말문이 트이고 길을 가는 용건을 묻다가 우리 동네 떠버리 아줌마가 너희 엄마네 동네 떠버리 아줌마가 너희 엄마 중매를 서러 가는 걸 알았다는 거야.

"이봐요. 그러지 말고 우리 동네 총각 선생을 먼저 보고 가시지 않겠수? 방금 내가 그 총각 선생 만나고 오는 길인데 말이유." 그렇게 해서 다른 동네로 중매하러 가는 사람의 길을 바꾸어 둘이서 나한테로 왔던 거야. 그런데 그날 따라 내가 또 유순하게 말을 했던 거야.

"네, 잘 알겠습니다. 지금은 제가 아이들 가르치는 시간이라 안 되겠어요, 요 앞 동네에 우리 집이 있거든요. 집에 가시면 어머니가 계실 거예요. 가셔서 한번 만나 보시지요." 그 말을 두 떠버리 아줌마들이 좋게 보아준 거야. 둘이서 우리 집에 가서 어른들을 만나 보게 되고 그 이후로 중매가 일사천리로 진행되었던 거야.

약혼식은 7월 23일. 결혼식은 10월 21일. 네가 알다시피 아버지는 육 남매 가운데 장남인데 아래로 두 누이가 먼저 시집을 가고 남동생마저 혼기가 되어 집안 어른들이 걱정을 했거든. 하지만 결혼 후에 너희 엄마는 바로 하게 된 임신이 잘못되어 아기가 내려앉고 그 이후로 나팔관 임신으로 밝혀져 대수술을 두 번이나 하고 병든 사람이 되었단다.

너도 알다시피 여성의 나팔관은 두 개. 난소에 연결되어 난자를 받아 내리는 관인데 그 가운데 하나가 잘못되어 난소와 함께 나팔관을 제거한 거야. 그 이후로 엄마는 오랫동안 임신을 하지 않는 여자로 살았단다. 옛날에는 그랬어. 모든 일이 급하고 여유가 없었어. 결혼이 늦으면 왜 늦느냐 재촉했고 아기가 안 생기면 또 왜 그러느냐 조바심을 냈거든.

그러다가 너희 오빠가 태어난 것은 1977년 4월 15일. 개나리꽃이 만발할 때, 군산의 한 산부인과 병원에서였지. 그러니까 너희 오빠는 엄마와 아빠가 결혼하고서 4년 되던 해에 찾아온 하늘의 선물이었지. 그로부터 2년 뒤, 너는 비교적 천천히 서둘지 않고 편안하게 찾아온 하늘의 선물이었단다.

지금 와서 하는 얘기지만 내가 살아오면서 가장 잘한 일세 가지를 말하라면 첫째가 시를 쓴 일이고, 둘째는 너희 엄마를 아내로 만난 일이고, 셋째는 30대 초입에 사는 곳을 공주로 바꾼 것이란다. 그런 것들이 모이고 어울려서 오늘의 아빠를 만들었다고 생각해. 그러니까 너희 엄마는 아빠한테 제일 먼저 행운을 준 사람인 셈이지.

　너희 엄마는 참 특별한 사람이다. 꿈이 작고 소심하고 겁이 많고 오직 가정적이어서 가족만을 사랑하고 자기를 희생하면서 줄이고 줄여서 산 사람. 오직 아빠 한 사람을 해바라기처럼 바라보면서 살아온 사람. 그래. 너희 엄마는 해바라기 같은 사람이야. 가난하고 병들고 불편하고 춥고 배고파도 끝까지 기다리고 기다리면서 살아온 사람이다. 매우 고맙고 감사한 일이지.

　너희 엄마와 고향 집에서 가까운 한산의 한 다방에서 맞선을 보고, 두 번째 만나던 날이었다고 기억한다. 우리는 차를 마시고 더는 할 얘기도 마땅찮아 잠시 밖으로 나와 산길을 걷다가 소나무 아래 바위에 앉아 이야기를 나누었지. 그때 내가 너희 엄마에게 들려준 말이 기억난다. 일종의 고백이야.

　"나는 여러 가지로 부족하고 모자란 점이 많은 사람입니

　　　　　　　　　　　　　　　나만 아는 풀꽃 향기

다. 우선 집안이 매우 가난한 사람이고, 몸이 별로 건강하지 못한 사람이고, 또 시를 쓰는 사람이라 까다로운 성격입니다." 그건 그렇게 결점이 많은 사람이니 결혼해 주지 않아도 좋다는 말을 에둘러서 하는 것이었단다.

그런데 너희 엄마 대답이 의외였어. "그런 결점이 없는 사람이 어디 있겠어요?" 그래서 아, 이런 사람이라면 결혼해도 좋겠구나, 그런 생각이 들었단다. "그럼 우리 산에서 내려갑시다." 그렇게 말하고 너희 엄마를 앞세워 산길을 내려오는데 너희 엄마 뒷모습이 매우 예쁜 거야. 특히 여름날이라 더워서 머리를 뒤로 묶었는데 보송한 귀밑머리 아래 귀가 참 작고도 예쁜 거야. '아, 저 예쁜 귀를 바라보면서 한평생 살아도 좋겠구나' 그런 생각을 또 그때 하기도 했단다.

우는 것도 예쁜 아이

백일을 보내고 돌을 지내면서 민애는 조금씩 예뻐지기 시작했단다. 아니, 예쁜 모습이 나타나기 시작한 거지. 그러니까 김산부인과 부인, 간호사로 일하던 그분의 말이 맞았던 거야. 숱 짙은 머리칼 아래 오속보속한 눈덩이, 서글서글하고 깊은 눈매. 아기이긴 하지만 그 눈매가 제법 매섭기까지 한 그런 아이로 변해 갔던 거야.

그런데 아기가 너무 잘 우는 거야. 뻑하면 울어요. 특히 낯을 가리기 시작하면서 낯선 사람만 보면 우는 거야. 그러다 보니 엄마가 더욱 힘든 거지. 가령 시내버스를 타고 시장에라도 가려면 버스 안에서 다른 사람들을 보고 우는 거야. 게다가 손으로 그 사람을 밀어내면서까지 우는 거야. 그 당시만 해도 시내버스를 이용하는 사람들이 많았거든.

민애야, 너도 알다시피 내가 글을 쓰는 사람이 되고 나서 최초로 받은 문학상이 흙의 문학상이야. 아빠는 용하게 지난 생애를 돌아보면 문학적인 궤적과 인생의 궤적이 서로 맞물려 들어가는 면이 있어. 1973년 첫 시집 『대숲 아래서』를 내고 너희 엄마와 결혼했고, 1977년 두 번째 시집 『누님의 가을』을 내고 너희 오빠를 낳았어. 그리고 세 번째로 1979년, 네가 태어나던 해 생애 최초로 문학상을 받은 거야.

애당초 흙의 문학상은 새마을운동을 찬양하기 위해 박정희 대통령이 제정한 상이야. 그 시절엔 문학상이 아주 귀했고 상금도 많지 않았지. 흙의 문학상 본상이 대통령상인데 상금이 2백만 원. 당시로는 최고로 많은 상금이었단다. 그런데 1회와 2회엔 대통령상을 내지 않았지. 그러다가 3회째 내가 대통령상을 받은 거야.

12월 12일, 박정희 대통령이 유고로 돌아가고 최규하 국무총리가 대통령을 승계하자, 문학상 심사위원들이 새마을운동과는 무관한 순수한 문학 작품, 자연 친화적이면서 전통적인 문학 작품을 수상자로 뽑자고 결의하여 내가 그렇게 수상자로 결정된 것이란다.

시상식은 1979년 12월 12일. 또 그날은 10·26 사태에 이어 두 번째로 일어난 국가 정변인 12·12 군사반란이 있던 바로 그날이야. 시상식은 옛 서울대학교 건물이 있던 종로의 동숭동 문예진흥원 강당에서 열렸는데, 우리는 공주에서 서둘러 서울행 버스를 타고 갔던 거야. 매우 추운 날씨였어. 너희 오빠는 걸리고 너는 엄마가 등에 업은 채.

그때 너는 세상에 나온 지 6개월이 채 안 된 때였지. 얼마나 우리 집이 가난했던지 어느 이웃집에선가 엄마가 10만 원을 빌려 그 돈으로 차비를 하고 서울 살던 금호동 이모가 너희 엄마를 데리고 동대문 시장에 가서 겨울 외

1979년 12월 12일, 흙의 문학상 시상식장, 엄마 품에 안긴 민애.

나만 아는 풀꽃 향기

투와 치마를 사서 입혀 시상식장에 갔었지. 구두도 없어 뒷굽이 트인 슬리퍼 차림으로 말이야.

그런데 시상식장에서 네가 자꾸만 우는 거야. 앞에 있는 낯선 사람들을 손으로 밀어내면서 말이야. 시상식장 안에는 아주 많은 사람들이 모여 와글거렸거든. 하는 수 없이 너희 엄마가 너를 안은 채 복도로 나가 한참씩 있다가 들어오곤 했지. 그러니까 정작 너와 너희 엄마는 아빠가 상을 받는 모습을 보지 못했던 거야.

하지만 시상식 뒤에 기념사진을 찍을 때는 함께 사진을 찍어야만 했기 때문에 엄마가 너를 안고 왔는데 또 네가 울기 시작해서 엄마가 애를 많이 먹었지. 지금도 사진을

1981년, 계룡산 갑사에서.

보면 울고 있는 네 모습이 조그맣게 남아 있어.

너는 우는 것도 예쁜 아이였단다. 앙앙 크게 소리 내어 우는 게 아니라 칭얼칭얼 울면서 가끔은 울음을 그치고 빠끔하니 눈을 떠서 주위를 둘레둘레 보곤 했단다. 낯선 사람을 다시 확인하는 것이지. 그 눈에 가득 눈물이 고여 마치 별처럼 반짝였는데 그 모습이 그렇게 예쁠 수가 없었단다.

자식 농사

예부터 시골 사람들이 하는 말 가운데 이런 말이 있단다. '1년 농사는 곡식 농사요, 10년 농사는 나무 농사요, 평생 농사는 자식 농사다' 이것은 아마도 우리나라가 오랫동안 농경 사회로 살아왔기 때문에 나온 말일 거야. 그렇지만 그만큼 자식을 잘 낳아서 잘 기르고 가르치는 일은 한국 사람들 모두가 갖는 비원이기도 하지.

민애야. 너는 어떻게 생각할지 모르지만, 막동리 할아버지와 할머니는 대단한 데가 있는 분들이야. 그 어려운 시절을 그렇게도 팍팍하고 가난한 환경 속에서 살면서도 자식 여섯을 낳아 한 아이도 잃지 않고 잘 길러서 그만큼 내세우기란 참말 쉽지 않은 일이었거든. 겨우 논 여섯 마지기 농사에 의지해서 그렇게 했다는 건 참 기적 같은 일이야.

그만큼 그분들의 소망과 정성과 노력이 있었다는 얘긴 데 그분들에겐 자식을 낳아서 기르고 가르치고 성가成家시 키는 것이 일생일대 삶의 목표였거든. 내가 이해하기론 너의 할아버지와 할머니는 춥지 않고 배고프지 않기 위해서 산 분들이야. 그것이 당대를 산 어른들의 삶에서 시급하고 또 시급한 문제였거든. 그러면 그분들은 왜 자식들을 그렇게 지극정성으로 기르고 가르쳤을까? 훗날의 효도를 바라고 그러신 것이지.

하지만 아빠는 달라. 나는 춥지 않고 배고프지 않고를 넘어서 부끄럽지 않게 살기를 원했던 사람이야. 그것이 바

1981년 여름, 잠에서 깬 민애를 업어 주고 계신 외할머니. 그해 12월 25일, 외할머니는 세상을 뜨셨다.

나만 아는 풀꽃 향기

로 글 쓰는 일이었고 두루 사회 활동에 참여하는 일이었어. 정말로 그렇게 하는 것이 진정 나를 위하는 삶이고 부모님에게도 잘하는 일이라고 여겼어. 돈을 벌어다 드리고 좋은 물건을 사다 드리는 것도 효도지만 나는 '나 자신을 제대로 세우고 이름을 세상에 드러내는 일'이 결국은 부모에게 잘하는 일이라고 생각했어.

아빠는 실상 제대로 배우고 공부한 사람은 아니야. 젊은 시절 정규대학에도 다니지 못한 고졸 학력이고, 그렇다고 한학을 체계 있게 배운 사람도 아니고, 선배 문인을 만나 똑바로 문학 수업을 한 사람도 아니지. 그저 살면서 여기저기 기웃거리면서 좋은 것이라면 애써 듣고 베끼고 외우면서 배운 사람이지. 그러니까 몸으로 세월로 인생을 익힌 사람이라고 하겠지.

유학의 중요한 경전인 '효경孝經'의 앞부분에 이런 말씀이 나와. '입신출세하여 도를 행하여 후세에 이름을 드날려 부모를 드러내는 것이 효도의 마침이다立身行道, 揚名於後世, 以顯父母, 孝之終也.' 그렇다면 내가 젊어서 가슴에 품었던 '나 자신을 제대로 세우고 이름을 세상에 드러내는 일'은 바로 효경의 말씀과 통하는 이야기야. 정말로 그렇게 하는 길이 부모님에게 잘해 드리는 길이라고 생각해.

그건 내가 지금 너에게도 바라는 일이야. 첫째가 건강한 사람으로 살 것. 둘째가 주변 사람들과 잘 어울리며 살 것. 셋째가 네가 하고 싶은 일을 제대로 잘하면서 살 것. 넷째가 네가 진정으로 행복감을 느끼고 네 인생에 만족하면서 살 것. 그것이 바로 내가 너에게 바라는 일이고 그렇게 네가 살아 주는 것이 엄마 아빠에게 잘하는 일이라고 생각해. 바로 그것이 진정한 효도란 것이지.

'자식 농사'란 말, 눈물이 나도록 아름다운 말이다. 부모인 사람으로서 반성이 되는 말이다. 나는 과연 자식 농사를 잘 지었는가? 이제는 내가 있어서 네가 있는 것이 아니라, 네가 있어서 내가 있다. 너와 너희 오빠가 있어서 엄마 아빠가 있는 것이다. 부디 가족들이랑 이웃들이랑 잘 지내면서 행복하게 잘 살아라. 그것이 정말로 엄마 아빠에게 효도하는 길이란다.

나만 아는 풀꽃 향기

감나무 안집

아마 반년은 넘게 살았을 거야. 그 냄새 나고 덥기만 했던 금학상회 별채의 사글셋방. 갓 낳은 너를 안고 들어가 눕힌 그 방. 참 미안하게도 그 방에는 어린 아기인 너의 탄생을 축하하기 위한 그 어떠한 장식 같은 것도 엄두를 내지 못했어. 다만 방 한구석에 요를 깔고 거기에 너를 눕혔을 뿐이지.

네가 태어난 계절이 여름이 시작하는 때라서 모기까지 극성을 부리는 때였지. 아마도 시골에서 파리가 들어가지 말라고 밥상을 덮어 놓는 것 같은 모기장을 덮어 놓기도 했을 거야. 아무리 생각해도 계속해서 그렇게는 살 수가 없을 것 같아서 너희 엄마와 나는 금학동 안동네를 시간만 나면 돌아다녔단다. 물론 너는 안고 3살짜리 너희 오빠는 걸려서.

저 집은 어떨까? 저런 집이라도 우리에게 있다면 얼마나 좋을까. 그런 생각을 하면서 말이야. 지금도 그렇지만 금학동은 공주시에도 변두리 마을. 예전엔 후생주택이란 집들이 늘비하게 들어서 있던 동네. 주변은 산과 개울과 논과 밭으로 되어 있어서 매우 적막하고 쓸쓸한 분위기가 있던 동네였지. 그러나 나는 그런 동네 분위기가 좋았었다. 어쩐지 고향 마을을 떠올리는 푸근한 분위기가 좋았던 것이다.

후생주택이란 우리나라의 6·25전쟁 이후, 미국이 한국

1982년, 감나무 안집
대문 앞에서 오빠와 민애.

　　　　　　　　　　　　나만 아는 풀꽃 향기

의 일부 도시지역의 열악한 주택 사정을 돕기 위해서 시멘트나 철근이나 목재 등 건축자재를 지원해 지어 준 집을 말해. 매우 좁은 대지 위에 건평도 좁고 허름하게 지어진 집이었지. 처음에 살던 사글셋집에서 나와, 부여 방향으로 가다가 선양상회란 가게에서 좌회전하면 골목이 나오는데 그 골목 이름이 지막골. 지막골 전체가 후생주택으로 되어 있었지.

엄마와 나는 너와 오빠를 데리고 그 골목길을 얼마나 오랫동안 서성였는지 모른단다. 그렇게 낡고 허름한 집들이었지만 그 가운데 어떤 집이라도 한 채 있었으면 좋겠다는 것이 엄마와 아빠의 간절한 소망이었지. 이 사람 저 사람, 얼굴을 익힌 마을 사람들에게 우리 사정을 이야기하기도 했을 것이다. 그러다가 어느 날 후생주택 한 채가 났다는 말을 들었지. 팔 집으로 나왔다는 거야. 그 집은 전 선생이란 분이 30년 넘게 살던 집. 돈을 벌어 도심 쪽의 새 집을 사서 이사 간다는 거야.

더 알아볼 것도 없이 우리는 그 집으로 가서 집주인을 직접 만나 우리가 집이 필요한 사람들이니 우리에게 집을 팔아 달라고 사정했지. 집값은 4백만 원. 다행히 그해 가을에 우리가 시골에 살 때 들어 둔 쌀계 100가마니를 타게 되어 있어서 그것을 믿고 집을 사기로 했지. 그 시절 쌀한 가마니 값이 2만 원. 그런데 그 집이 너무도 헌 집이란 것이 문제였어. 집 전체가 한 군데도 성한 구석이 없었거든. 집주인이 그동안 전혀 집을 손보지 않고 그냥 살기만 했던 거야.

그 집이 바로 공주시 금학동 186-6번지. 대지 32평에 건평 16평. 감나무 안집. 좁은 뜨락 안에 키가 큰 감나무 두 그루가 서 있어서 동네 사람들이 그렇게 불렀지. 우리가 그 집으로 이사 간 것은 1979년 10월경. 일단 그 집주인이 집을 비워 준 뒤 내가 삽을 들고 그 집 마당을 정리하러 가면 너희 오빠가 따라와 그 옆에 함께 서 있곤 했

공주시 금학동 186-6번지, 감나무 안집.

　　　　　　　　　　　　　　　나만 아는 풀꽃 향기

지. 3살짜리 아이가 말이야. 지금 생각하면 그 일도 참 아득한 느낌이고 안쓰럽고 그리운 느낌이란다.

그 집에서 우리는 1991년 8월까지 12년 동안이나 살았어. 너희들이 자랐고 아빠는 그 집에서 방송통신대학을 두 번이나 졸업하고 내처 대학원 공부를 했고, 또 초등학교 교감 시험에 합격하고 교감으로 발령받았다가 또 충남교육연수원 장학사로 발령받기도 했었지. 무엇보다도 그 집에서 여러 권 시집을 냈고 또 흙의 문학상을 받았고 이어서 충남문화상을 받기도 했지. 바로 그 흙의 문학상 상금 2백만 원으로 집값의 절반을 해결하기도 했지.

하지만 무엇보다 중요한 점은 그 집에서 너와 너희 오빠

1981년 5월 5일, 2살 때 민애,
금학동 감나무 안집 장꽝 앞에서.

가 자랐다는 점이야. 너는 12살. 너희 오빠는 14살. 참으로 감사한 일이지. 아빠와 엄마가 세상에 와서 맨 처음 가져 본 집. 가장 좋았던 삶의 보금자리. 가난하고 불편하고 춥고 힘들었지만 지금도 그렇게 생각나는 집. 아빠는 지금도 그 집을 어린 시절 외할머니랑 살았던 꼬작집과 함께 가장 그립고 아름다운 집으로 기억한단다.

나만 아는 풀꽃 향기

제비

지지배배
지지배배

윤이는 오빠
민애는 동생

윤이네 집에 집을 짓자.
민애네 집에 집을 짓자.

/

아버지의 등은
넓지 않다

누가 아버지의 등을 듬직하다고 했는가. 타인의 등이 넓다는 말은 내가 작다는 말과 같다. 그래, 작은 아이일 때 아버지의 등은 듬직할 수 있다. 기댈 만할 수 있다. 그렇지만 어린이의 성장 속도는 빠르고, 우리는 금세 알게 된다. 아버지의 등은 결코 넓지 않구나.

내가 어렸을 때에도 우리 아버지의 등은 전혀 넓지 않았다. 나는 작았지만 우리 아버지도 못지않았다. 그의 어깨는 유난히 좁았고 등은 구부정했다. 아버지는 앞집 빛나네 아버지만큼 훤칠하지 않았다. 빛나네는 돈도 잘 벌어서 집에 타일 바른 욕실이 있었다. 분할 일은 아닌데 나는 그게 그렇게 분하고 속이 상했다. 왜 내 아버지는 가난할까. 왜 우리 집에는 화장실이 없고 구더기 끓는 변소만 있나. 나는 빛나 언니가 부러워서 그 동생을 몰래 꼬집었다. 아버지는 동네에서 못났다고 소문난 홍가가게 아들보다도 체구가 작았다. 동네 어른 남자 중에서 우리 아버지가 제일 부실했다. 어린 내 눈에도 그렇게 보였다.

작은데도 아버지는 꽤나 바쁘고 까칠하고 예민했다. 아버지는 항상 뭔가 종종거리고, 여기저기 왔다 갔다 하고, 획 사라지고, 다시 나타나서 부산하게 움직였다. 뭔가 편안하지 않았다. 내가 바라는 아버지는 커다란 나무 같은 아버지였다. 시원한 그늘 밑에서 쉬면 폼 나고 편할 것이다. 빛나 아버지처럼 빙긋빙긋 잘 웃어 주고, 화장실에도 양변기가 있다면 얼마나 좋을까. 가끔은 우리 아버지가 친아버지가 아니기를 바랐다. 어디선가 멋진 아저씨가 나타나서 '민애는 잃어버린 내 딸이오' 이렇게 말하며 데리러 올 것만 같았다. 그래서 한동안 소공녀 이야기에 빠져 살았다. 거기에 등장하는 소녀는 부자 아버지를 잃어버리고 고난을 당한다. 그러면서도 진짜로 누군가 찾아오면 우리 아버지는 불쌍해서 어쩌지, 생각하면서 혼자 울기도 했다.

그때 나는 아버지를 사랑하면서도 아버지가 주는 울타리를 원망했다. 지나고 생각해 보니 모든 사람이 잘날 수 없고, 모든 아버지가 큰 나무일 필요는 없었는데 그때는 몰랐다. 우리 아버지도 엄연한 한 그루의 나무였는데 말이다.

나의 아버지는 작고 앙상한 나무였던 것 같다. 그는 뿌리를 내린 지 얼마 되지 않았고, 다른 나무와 함께 있지 못하는 홀로의 나무였던 것도 같다. 그래서 앙상한 가지와 좁은 잎사귀만 가지고 있었다. 어린 나도 그걸 알 수 있었다. 아, 아버지는 가난하구나. 몸도 가난하고 주머니도 가난하구나. 나는 아버지가 지닌 가난의 냄새를 금방 맡을 수 있었다. 그건 나에게 옮겨지는 냄새이기도 했으니까. 좋든 싫든 내게는 그 나무가 전부였다. 작고 앙상한 나무지만, 등도 굽고 키 작은 아버지였지만 내게는 그 아버지가 전부였다. 부자인, 멋진 차를 타고 나를 찾아올, 깨끗한 욕실을 가진 다른 아버지들은 나의 아버지가 아니었다. 그래서 나는 아버지가 더 행복하고 나은 사람이 되길 바랐다. 그런데 아버지는 영 말을 듣지 않았다. 고집은 얼마나 센지 어린 딸이 옳게 알려 줘도 꿈쩍 안 했다.

"아버지, 엄마하고 그만 싸워."

이렇게 말해도 아버지는 맨날 엄마랑 싸웠다. 돈이 없으면 싸우게 된다고, 아버지는 나에게 말했다.

"아버지, 그 먹지도 못하는 술일랑 그만 먹어."

이렇게 말해도 아버지는 맨날 술을 먹었다. 마음이 가난하면 술을 마시게 된다고, 아버지는 나에게 말했다.

가난한 건 마음이 아니라 우리 식구야. 술을 마시면 돈을 더 쓰게 되잖아. 아버지는 돈을 벌고 모아야지, 왜 술로 써.

나는 아버지가 주전자를 주면서 막걸리를 받아 오라고 하는 게 그렇게 창피하고 싫을 수 없었다. 가는 길에 양은 주전자를 내던지고 화풀이했다. 원래도 찌그러진 주전자는 아마 나 때문에 더 찌그러졌을 것이다.

그때 나는 되바라진 어린애였기 때문에 아버지에게 모진 말을 많이 던졌다.

"아버지는 왜 가난해! 이게 뭐야, 나한테 해 주는 게 뭐가 있어!"

나는 아버지를 닮았고, 아버지와 가까웠고, 아버지를 사랑하며 원망했기 때문에 상처 되는 말을 고르는 데 천부적인 소질이 있었다. 내 말들은 아버지에게 퍽 날카로운 비수가 되었으리라. 그런데 아버지는 내게 화를 내지 않았다. 가끔 아버지는 참기 힘들 정도로 아팠나 보다. "아버지 비난하지 마라." 이런 말은 하셨다. 나는 '비난'이라는 말을 철모른 시절에 배운 것을 후회한다.

후회는 습관 같은 거여서 계속될 수밖에 없다. 어른이 되어서도 나는 아버지를 부끄러워한 과거를 후회한다. 내 자식을 키우며 휘청댈 때 아버지의 여린 가지와 앙상한 이파리를 생각하며 후회한다. 내 자식이 '엄마 나빠!'를 외칠 때 아버지의 최선을 몰라본 일을 후회한다.

내 아버지는 시인이지만 나에게는 그냥 아버지이기만 했다. 시집을 옆에 끼고, 자연과 인생의 아름다움을 노래하는 아버지는 내게 익숙하지 않다. 집에서, 가장으로서의 아버지는 한 마리의 노새 같았다. 무거운 수레를 끌고 앞으로 끙끙대며 나아가는 노새. 말보다 더 작고, 말보다 더 못생기고, 일만 하는 노새 말이다. 짐의 무게는 노새의 양 어깨를 짓누르고, 마침내 뼈와 가죽마저 파일 것이다. 그런 아빠 노새의 옆에 철모르는 어린 노새가 있다. 나는 아

나만 아는 풀꽃 향기

버지의 거친 가죽에 입질을 하는 철부지였다. 변명 같지만 밑에서 볼 때에는 아버지의 파인 어깨도, 무거운 짐도 보이지 않으니까 몰랐다. 내가 아버지보다 키가 커져서, 위에서 아버지의 어깨를 내려다보았을 때, 그때 비로소 알게 된다. 아버지의 등은 넓지 않구나. 넓지 않은데도 저 짐을 다 끌었구나. 그래서 사람들은 아버지의 등을 넓다고 말하는구나.

가난한 아빠 병든 엄마

너희들 어린 시절을 생각하면 아빠인 내가 참 많이 너희들에게 미안하다는 생각이 들어. 집이 형편없이 가난했거든. 먹을 것도 제대로 못 먹이고 옷도 제대로 사서 입히지 못하고 장난감이며 책도 시원시원 사 주지 못했으니까. 그게 다 가난한 아빠 탓이고 병든 엄마 탓이야. 이제 와 돌이킬 수도 없는 일이지. 엄마와 아빠의 중년은 너무도 힘들고 팍팍한 날들이었단다.

게다가 아빠가 뒤늦게 대학 공부를 시작한 거야. 네가 태어나고 그다음 해부터 말이야. 아빠는 본래 서천 출생으로 고향인 서천에서 중학교를 졸업하고 오늘날 공주교육대학교 전신인 공주사범학교(사범학교는 오늘날 없어진 학교로 직업고등학교 가운데 한 종류였음)에서 초등학교 선생

나만 아는 풀꽃 향기

님이 되는 공부를 하고 1964년, 만 나이 19세부터 초등학교 교사로 일하면서 살았지. 청소년 시절부터 시인이 되는 것이 꿈이어서 독학으로 문학 공부를 하여 1971년도 《서울신문》 신춘문예에 시가 당선되어 시인이 되었지.

무슨 고집이 그렇게도 셌던지 오로지 꿈은 시인이 되는 일이었어. 그러므로 학력 같은 건 별로 필요치 않다고 생각하며 살았던 거야. 그런데 30대 초반에 공주로 와서 생활을 하면서 생각이 조금씩 바뀐 거야. 근무하는 학교가 대학에 부설된 초등학교였으므로 매년 교육대 학생들이 교생 실습을 오는데 그들을 보면서 나도 대학교 선생님이 한번 되어 보면 어떨까 그런 때늦은 꿈을 꾸게 되었던 거지. 뿐만 아니라 교직 사회에서도 학력이 필요했고 대학원 석사 학위가 승진 점수에도 반영되는 시절이었지.

학교 교사 노릇 하나 하기도 벅찬데 시를 쓰는 사람으로 살면서 대학교 공부를 하는 사람으로 1인 3역을 하면서 살았지. 당연히 가정생활에 쓰일 돈이 문학 서적 구입하는 돈으로 쓰였고 또 대학 공부하는 데 쓰였지. 그러다 보니 궁색한 가정이 더욱 궁색한 거야. 명색이 학교 선생이라면서 학부형들이 주는 헌 옷으로 너희 남매를 키운 걸 생각하면 아빠가 참 많이 미안하고 미안하단다.

엄마는 또 어땠는데? 결혼하자마자 생긴 첫아기가 잘못되어 두 차례나 대수술을 받는 바람에 몸이 많이 망가진 거야. 본래는 튼튼한 사람이었는데 말이야. 중년부터는 또 노이로제 같은 것이 생겨 마음까지 많이 힘들어했어. 그래, 노이로제. 그때는 무얼 몰라서 그냥 노이로제라고만 했어. 오늘날에 와서 보면 그게 우울증인데 말이야. 심할 때는 정신이 까물거릴 정도였지. 그러면 아빠는 또 마음이 약해서 그러니 마음을 단단히 가지라고만 말했던 거야. 이점 또한 오늘에 와서 너희 엄마에게 미안하고 미안한 일이었구나.

1982년, 두 아이 사이에서
잠시 웃고 있는 엄마.

나만 아는 풀꽃 향기

돌아보니 감나무 안집에서 살면서 12년 동안 우리 집 식구들이 장기적으로 병원 신세를 진 것도 여러 차례였어. 너희 오빠가 한 차례. 아빠가 한 차례. 그리고 너희 엄마가 두 차례. 너희 오빠는 신우신염이라 입원 치료만 받았지만 엄마와 아빠는 대수술을 받기도 했지. 병원에 입원하지 않았던 식구는 너 한 사람. 아마 너는 그렇게 생각했을 거야. 우리 집 식구들은 왜 툭하면 병원에만 가는가! 옆에서 보면서 그것이 어린 마음에도 야속하고 속상했을 거야.

이렇게 병원 나들이까지 겹치다 보니 집안의 경제 사정은 더 말할 수 없이 나빠진 거야. 아빠의 월급으로 받아 오는 돈이 늘 부족했어. 그렇다고 막동리 어른들이 도와줄 처지도 아니고 오히려 그분들에게 다달이 얼마큼이라도 용돈으로 보내 드려야 할 형편이었으니까 말이야. 엄마는 오직 자기가 쓰는 돈을 줄이고 줄여서 사는 수밖에 없었지. 일단 아빠가 월급을 타 가지고 와서 얼마를 집안 살림 돈으로 넘기면 그 돈을 천 원짜리로 바꾸어 살림에 필요한 용도대로 세어서 구분해 두었지.

절대로 너희 엄마는 충동 구매라든가 미리 정해진 항목에 없는 돈을 쓰는 법이 없었어. 시장에 갈 때도 미리 살 물건을 쪽지에 적어 가서 딱 그것만 사 가지고 오는 거야.

한 푼도 헛돈을 쓸 여유가 없었던 것이지. '한 달에 한 번만 돈을 세는 여자' 이것이 내가 너희 엄마에게 붙여 준 별명이야. 생각해 보면 나 자신이 부끄럽고 너희 엄마에게 참 많이 미안스런 일이야. 겨울을 날 때도 세 가지만 준비했지. 쌀과 19공탄과 김장. 그것만 있으면 긴 겨울을 배겨 낼 수 있었던 것이지.

나만 아는 풀꽃 향기

/

언 발을 녹여 주던
유일한 사람

'슬하膝下'라는 단어가 있다. 여기서 '슬'이란 무릎이라는 뜻이다. 보통은 슬하의 자녀, 이렇게 많이 표현한다. 나는 이 단어를 볼 때마다 내 무릎 아래 자라나는 내 아이를 떠올리지 않는다. 그보다 나를 키운 아버지의 무릎을 먼저 떠올린다.

딱 내 눈높이에 아버지 무릎이 와 있던 시절, 그렇게 어린 시절이 있었다. 그 무릎을 붙잡고 나는 걸음마를 배웠다. 아버지는 내가 기특한 한편으로, 본인은 넘어지지 않기 위해 다리에 힘을 주었을 것이다. 그럼 나는 그렇게 힘을 쓰라고, 나를 위해 더 힘을 주라고 아버지의 다리를 당겼을 거다.

내 키는 아버지의 허리를 넘겨 어깨를 지나 지금은 아버지의 정수리를 위에서 바라본다. 그렇지만 분명히 나에게는 아버지 무릎 밑의 시절이 있었다. 그 낮은 곳이 내 세계의 전부였고, 내 출발점이었다. 아버지는 기꺼이 허리를 굽히고 키를 낮추어 나를 안아 주었다. 그게 슬하의 진짜 의미다.

작고 여린 자식을 품고 키운다는 것. 바람을 막아 주고 지지대를 세워 주고 의지할 둔덕이 되어 준다는 것. 나는 엄마, 아버지의 다리를 꼭 껴안고 매달리기를 좋아했다. 그때는 그게 세상 든든한 대들보였다. 내 아버지의 무릎은 술에 취해 휘청이며 집에 돌아오기도 했다. 내 아버지의 무릎은 "나 선생, 당신은 안 되겠소." 이런 거절 앞에 꿇리기도 했다. 세상에 휘청이고, 다치고, 굴욕당해도 아버지의 무릎은 내 세상의 시작점이었다. 밖에서 휘청이고 상처 입고 욕되었던 아버지의 무릎은 나에게 위대한 무릎이 되었다. 그게 바로 '슬하'가 지닌 의미다.

내가 유독 '슬하'라는 단어를 좋아하는 이유는 이 단어가 몹시 따뜻하기 때문이다. 몸으로 배운 기억은 오랫동안

나만 아는 풀꽃 향기

잊을 수 없는 기억으로 남아 있는데 내게는 '슬하'의 기억이 그랬다. 어려서 나는 뜨거운 열정과 차가운 손발을 지닌 소녀였다. 흔히 '수족냉증'이라고 하는데 계절과 시간을 가리지 않고 손발의 끄트머리가 차디찼다. 잠자리에 누워 이불을 나눠 덮으려면 엄마가 소스라치게 놀라곤 했다.

엄마는 나를 사랑했지만 두 가지 면에서는 깐깐했다. 하나, 엄마는 자식이 남긴 밥과 반찬을 거둬 먹기를 아주 싫어했다. 지금은 나도 우리 애들 먹고 난 밥상을 싹 위장 안으로 치우고 음식물 쓰레기를 줄인다. 그런데 엄마는 비위가 약해 남이 먹다 남긴 걸 못 드셨다. 반대로 아버지는 개의치 않았다. 고추장이 묻었든 국에 말았든 내가 남긴 찌꺼기는 다 아버지가 드셨다. 또 하나, 엄마는 내 찬 발과 손을 아주 질색하셨다. 너무너무 차가워서 못 견디겠다고 내 발을 저리 치우시곤 했다. 그렇게 오른쪽에 누운 어머니에게 밀려나면 왼쪽에 누운 아버지가 이불을 열어 나를 폭 덮어 주었다. 그리고 내 찬 발을 무릎 아래에 꼭 끼우고 따뜻해질 때까지 녹여 주었다.

겨울의 어떤 날에는 내 찬 발이 정말 얼음장 같아 좀 미안했다. 아버지 종아리 사이에 내 발을 끼워 놓고 있으면 진짜 잠이 잘 왔다. 이건 발이 녹기 전에는 잠이 안 왔다는 말이다. 미안하기도 하고 잠도 안 오고 해서 "아버지, 안 차가워?" 하고 물어본다. 묻는 나도 답을 알고 아버지도 답을 안다. 그렇지만 아버지는 "차갑긴. 하나도 안 차가워." 이렇게 대답하신다. "엄마는 너무 차가워서 싫다는데?" 내가 물어보면 "아버지는 하나도 안 차가워." 이렇게 말한다. 그럼 나는 차갑지 않다는 말이 사랑한다는 말인 줄 알아 기쁘게 발가락을 꼼지락거리곤 했다.

내 언 발을 녹여 주던 유일한 사람이 아버지였다. 그걸 싫다고 하지 않는 사람은 아버지 말고는 없었다. 40대가 되어도 수족냉증은 여전하고 추운 겨울에는 집에서도 발목까지 시큰거린다. 그러면 나는 바닥에 앉아 발바닥을 열심히 주무른다. 내 손바닥이 마치 아버지의 따끈한 종아리인 것처럼 생각한다. 한참 주무르면 어린 날처럼 살에서 살로 온기가 옮겨진다. 그래도 안 되면 온열팩에 뜨거운 물을 가득 담아 놓고 그 밑에 발을 얌전히 끼운 채 눕는다. 그 옛날에 아버지 종아리 밑에 두 발을 이렇게 밀어 넣곤

나만 아는 풀꽃 향기

했다. 그러면 아버지는 움직이지 않고 가만히 있어 줬다.

난 내 수족냉증이 하나도 싫지 않다. 발이 시릴 때는 혼자서 조용히 웃는다. 우리 애들도 그 이유를 모르고, 남편도 모른다. 추운 겨울에 혼자 발을 녹이고 있을 때에는 아버지가 온다. 아버지는 내 곁에 없고 멀리 고향 집에 사는데, 서울 사는 내 추운 발 옆에는 아버지가 분명히 왔다 간다. 내게는 슬하의 시간이 있었기 때문이다.

그건 어릴 때에만 있지 않았다. 지금도 내게는 슬하의 온도가 남아 있다. 아버지가 돌아가신다면 나는 아버지의 종아리를 쓰다듬으며 이마를 부빌 것이다.

그래도 좋았던 날들

그렇다고 감나무 안집에서 살 때 모든 것이 나쁘고 불행하기만 했다고 말할 수는 없단다. 더러는 좋았던 일, 기뻤던 일도 있었으니까. 그 시절만 해도 금학동 지역이 개발이 안 되어 주변이 자연으로 둘러싸여 있어서 참 좋았다. 우리 집 주변을 스쳐 흘러가는 제민천 물이 맑아서 아낙네들이 빨래할 수도 있었고 가까이 논과 밭이 있고 넓은 뽕나무밭이 있어서 공기가 상쾌했고 풀벌레 우는 소리, 개구리 우는 소리를 가까이 들을 수 있어서 좋았다.

특히, 6월 어름의 초여름 깊은 밤의 시간대가 좋았다. 민애야, 너도 기억하고 있을 거야. 감나무 안집 큰방은 엄마와 오빠와 너, 세 식구가 쓰고 마루 건너 문간방은 아빠가 쓰는 공부방이었잖니. 퇴근하여 밤늦도록 통신대학 공

나만 아는 풀꽃 향기

부를 하다 보면 열어 놓은 창문으로 바람과 함께 개구리 소리가 자욱하게 밀려 들어오는 거야. 그럴 때 아빠는 잠시 공부를 멈추고 심호흡을 하곤 했지.

바람이라고 해도 그냥 바람이 아닌 거야. 주변의 나무 수풀을 헤집고 온 바람이기에 초록빛 머금은 바람이었어. 더구나 좁은 뜨락에 서 있는 감나무 가지를 지나오면서 비릿한 감꽃 향내까지 머금고 오는 바람은 너무나도 신선하고 향기로웠단다. 그럴 때면 안방에서 잠자고 있는 식구들을 깨워 함께 그 냄새를 맡아 보자고 말하고 싶을 정도였어.

그리고 개구리 울음소리도 그래. 멀리 가까이 논과 개울에서 들려오는 개구리 울음소리는 마치 자욱한 안개가 되어 떼를 지어 밀려오는 것처럼 느껴지는 거야. 개구리 우는 철이면 엄마는 그렇게 말하곤 했어. "개구리 울음소리를 들으면 잠이 참 잘 와요." 그래. 개구리 울음소리는 분명 시끄러운 소리인데도 오히려 그 소리가 사람에게 잠을 불러 주는 거야. 그것은 아마 너희 엄마나 내가 시골 출신이라서 그럴 거야. 어려서부터 개구리 울음소리를 들으며 자랐으니까 말이야.

어쩌다 건강이 좀 좋아지고 여유가 생기면 너희 엄마는

동네 할머니들이랑 어울려 밤늦도록 윷놀이를 하면서 지내기도 했단다. 너희들을 재워 놓고 나서 잠시 밤 외출을 하는 거야. "여보, 나 동네 아주머니들이랑 좀 놀다 올게요." 그렇게 말하고 나서 얼마 지나지 않으면 자그맣게 윷가락 던지는 소리가 들리는 거야. 짤그락, 짤그락, 짤그락…….

멀리서인 듯 가까이서인 듯 들리던 나무토막 부딪는 소리. 그 소리가 적막한 변두리 마을인 금학동, 속칭 지막골 마을의 밤공기를 조금씩 깨트리는데 얼마나 청아하게 들렸는지 모른단다. 개구리 울음소리가 그렇듯이 소리는 소리인데 잠을 방해하거나 시끄럽다거나 그런 소리가 아니라 오히려 밤의 적막을 더욱 고즈넉하게 해 주는 그런 소리였단다. 그런 때면 또 나는 잠시 하던 공부를 멈추고 그 소리에 귀를 모으곤 했단다.

그것이 너희 엄마 30대 후반부터 40대 초반. 그렇게 너희 엄마와 윷놀이하면서 놀던 노인들은 이제 한 분도 세상에 계시는 분이 없다. 하기는 그때 있던 후생주택들도 모두가 헐리고 지금은 동네 모습까지 완전히 변하고 말았지. 어쩌다 보니 이제 너희 엄마가 그때 너희 엄마와 윷놀이하면서 놀던 그 할머니들 나이가 되고 말았구나!

나만 아는 풀꽃 향기

아 참, 그리고 민애야. 한 가지 더 말할 게 있단다. 어느 날 조금 늦게 퇴근해서 집에 왔더니 네가 벌써 잠을 자고 있지 뭐니. 퇴근하면 언제나 아빠한테 안아 달라고 매달리던 네가 말이야. 안방의 구석에 여름 이불을 반쯤 덮고서, 그것도 벽에 비스듬히 기대어 앉은 채로 잠들어 있는 거야. 그 모습을 보자 사진으로 남기면 좋겠다는 생각이 번쩍 들었지. "여보, 여보. 민애 깨우지 말고 이대로 좀 둬요. 내 얼른 시내 사진관에 가서 카메라 빌려 올게요."

부리나케 자전거를 타고 시내의 단골 사진관으로 달려가서 사진기를 빌려다가 잠을 자고 있는 너의 모습을 사

1982년 여름, 만으로 3살 때, 앉은 채 잠든 민애.

진기에 담은 것은 물론이야. 지금껏 내가 찍어 준 너의 사진 가운데 가장 아름다운 사진을 고르라면 바로 이 사진이야. 내 눈으로 천사의 모습을 보았다면 바로 그때 잠자고 있는 바로 너의 모습이 아니었나 싶단다.

비록 32평 대지에 건평이 16평짜리인 비좁고 누추한 감나무 안집, 낡은 후생주택이었지만 또 카메라 한 대조차 없어 사진관에서 사진기를 빌려다가 사진을 찍어야 하는 가난하고 주변머리 없는 가장이었지만 그런 순간만은 나름대로 행복했다고 말하고 싶다.

나만 아는 풀꽃 향기

딸 바보

'아들 바보'란 말도 있지만 '딸 바보'란 말도 있다. 그렇게 오래전부터 사용되던 말들은 아닌 것 같고 최근에 유행한 신조어지 싶다. 아들 바보도 그렇지만 '딸 앞에서 바보가 될 정도로 딸을 너무나도 사랑하는 엄마나 아빠를 이르는 말'이 딸 바보란 말의 사전 풀이다.

사실은 나도 딸 바보 가운데 한 사람이다. 아들을 낳고 2살 터울로 딸아이를 얻었는데 그렇게 딸아이가 사랑스럽고 예뻤던 것이었다. 처음부터 딸아이는 아들아이와 다르다. 아이를 안아 보면 대번에 느낌으로 안다.

아들아이가 뻣뻣하게 뒤로 몸을 버티는 스타일이라면 딸아이는 차악 가슴에 안겨 드는 자세다. 물올라 부드러운 나뭇가지처럼 낭창낭창 제 몸을 상대방의 몸에 기대어 온다. 그럴 때면 가슴이 간질간질해지고 눈빛이 새몰새몰 아득해질 정도다.

아, 그런 느낌을 무엇으로 표현하면 좋을까. 나에게 아들아이도 허락되었지만, 딸아이도 허락되었다는 것이 그렇게 다행스러울 수 없이 좋은 마음이 들곤 했다. 정말로 딸아이를 낳아 길러 보지 못한 사람은 이런 마음이나 느낌을 알지 못할 것이다.

순전히 내 개인적인 내 생각인데 남성과 여성 가운데 보다 완전하고 진화된 성은 여성 쪽이 아닌가 싶다. 여성은 태어나면서부터 여성성과 모성성母性性을 더불어 지니고 태어난다. 하지만 남성은 다만 남성성만 지니고 태어난다. 나중에 어른이 되고 부모가 되어서야 간신히 부성성父性性을 조금 깨쳐서 알게 된다. 그것도 감정적으로 섬세한 사람만이 그렇게 될 수 있다.

민애는 우리 집에서 가장 어린 사람이면서도 늘 가족들을 챙기고 걱정하면서 사는 것 같았다. 분명하게 말로 하거나 표정으로 나타내는 건 아니었지만 밤늦게 술에 취해서 집으로 오는 나를 근심스럽게 안타깝게 바라보아 준 것도 집사람과 함께 딸아이 민애였다.

그러다 보니 자연스럽게 아이한테 의지하는 마음이 생

기곤 했다. 그건 아마도 너희 엄마도 그랬을 것이다. 민애만 곁에 있으면 마음이 안정되고 편안해서 좋았다. 민애가 내 마음의 주인이 된 셈이라 할 것이다.

나는 집사람을 '민애 엄마'라고 부르고 집사람은 또 나를 '윤이 아빠'라고 부른다. 그러니까 서로 아들아이와 딸아이 이름을 교차해서 상대방을 부르는 건데 어쩌면 이것은 내가 그만큼 평상시 딸아이를 가슴에 품고 산 증표라 할 것이다.

민애, 민애, 민애, 나의 입에서는 늘 민애란 이름이 맴돌았다. 터키 속담에 의하면 사람에게 숨길 수 없는 것이 세

1982년 5월, 공산성
나들잇길에 엄마와 민애.

가지가 있는데 그것은 가난과 기침과 사랑이라고 그런다. 민애를 예뻐하다 보니 이웃들이 눈치로 그것을 다 알게 되었다.

아직은 딸 바보란 말이 없을 때였으니까 동네 사람들은 나를 정신이 좀 이상한 사람 취급을 했다. 아들아이를 너무 챙기지 않는다고도 말했다. 그렇지만 나는 그런 주변의 반응에 아무렇지도 않게 생각했다. 아무려면 어떠랴. 나만 좋으면 됐지. 지금도 나는 여전히 딸 바보의 상태를 벗지 못한 채로 살고 있다.

나만 아는 풀꽃 향기

딸에게 2

내 사랑 내 딸이여 내 자랑 내 딸이여
오늘도 네가 있어 마음속 꽃밭이다
오! 네가 없었다 하면 어쨌을까 싶단다

술 취해 비틀비틀 거리를 거닐 때도
네 생각 떠올리면 정신이 번쩍 든다
고맙다 애비는 지연紙鳶, 너의 끈에 매달린.

돼지고기 반 근의 반

민애야. 아마도 너는 그렇게 말할지 모르겠다. 아빠, 그렇게
도 쓸 얘기가 없어? 왜 자꾸만 가난한 얘기, 부끄러운 얘기
들만 꺼내는 거야. 글쎄, 미안하다. 그 시절 이야기를 하다
보니 그렇고 그런 얘기, 가난한 얘기만 꺼내게 되는구나.

어쩌나. 이번에도 가난한 얘기인데. 어쩜 너희 엄마도
나중에 이 책을 읽고 아빠를 나무랄지도 모르겠다. 그래,
당신은 그렇게도 가난했던 때가 좋아요? 나는 다시는 그
시절을 돌아보고 싶지 않아요. 너희들이 어렸을 때 너희
엄마는 그렇게 고생하며 살아서 그런 것이지.

너희 엄마는 여자치고서 말수가 적고 참을성이 많고 기
다리는 마음이 깊은 사람이다. 꾹꾹 소리 없이 참고 참을
때까지 참았지. 어디선가에서도 말한 일이 있지. 내가 세

나만 아는 풀꽃 향기

상에 와서 가장 잘한 일은 시를 쓴 일이고, 그다음은 너희 엄마를 만난 일이고, 마지막으로 내가 잘한 일은 공주에 와서 산 일이라고.

아빠의 어린 시절을 책임져 주고 보살펴 준 사람은 아빠의 외할머니이고 어른이 되고 결혼한 뒤 지금껏 아빠를 보살펴 준 사람은 너희 엄마야. 너희 엄마는 아빠에게 아내 이상의 사람이야. 어떤 때는 아빠가 좋아하는 사람까지 더불어 챙겨 주고 좋아해 주는 사람이지.

아빠는 어려서부터 현실적이기보다는 나약한 마음에다가 감성적이고 낭만적인 요소가 많은 사람이었다. 그게 늙을 때까지 변하지 않았어. 반면에 너희 엄마는 굳건한 마음에 매우 이성적이고 현실적인 성격의 사람이었지. 아빠가 말하자면 로맨티스트였다면 엄마는 리얼리스트였다고 보아야 해.

적은 돈을 쪼개서 쓰고 아껴서 쓰는 너희 엄마. 어느 날은 시장의 정육점에 가서 돼지고기 반 근의 반을 사 왔다는 말을 해. 지금도 그 말을 떠올리면 마음이 아파. 그래, 돼지고기 반 근도 아니고 거기서 또 반이라니! 아직은 엄마가 젊은 나이일 땐데 그런 말을 하면서 얼마나 창피한 생각이 들었을까.

그 고기로 김치찌개를 해서 상에 올려놓고서도 엄마는 절대로 그 찌개에 숟가락을 대는 일이 없었어. 오로지 그 찌개는 아빠와 너와 오빠가 먹는 음식이었지. 네가 6살 때부턴가 3년은 금숙이 언니까지 우리 집에 와서 고등학교 공부를 했지. 금숙이 언니. 너희 엄마 큰언니의 딸. 시골에서 선생을 할 때 아빠가 4학년 담임을 맡아서 가르친 제자이기도 한 아이.

그래. 그 금숙이 언니까지 한 밥상에 둘러앉아 밥을 먹으니 돼지고기 반 근의 반으로 끓인 김치찌개는 금방 동

1986년 크리스마스, 동암교회에서 찬송가 부르는 우리 가족. (왼쪽 키 큰 여학생이 금숙이 언니다)

나만 아는 풀꽃 향기

이 나곤 했지. 더러는 김말이 달걀부침을 만들어 밥상에 올릴 때도 있었지만 너희 엄마는 한 번도 그것을 먹지 않고 오직 다른 식구들만 먹도록 했지.

민애야, 너도 기억하고 있을까. 그 시절 이른 아침 시간마다 우리 집 담장 너머로 딸랑딸랑 종소리를 울리면서 지나가던 자동차 소리. 그것은 우리 동네 골목길에 있던 구멍가게에 콩나물과 두부를 배달해 주는 삼륜 자동차의 소리였지. 어쩌다 늦잠이라도 든 날 너희 엄마는 그 소리를 듣고 소스라쳐 잠에서 깨어 대문을 열고 나가 아침 반찬거리로 콩나물이며 두부를 사러 가곤 했지.

엄마의 기억으로는 콩나물 한 바가지에 200원. 두부 한 모에 300원 그랬다는구나. 오늘에 와서 생각해 보면 정말로 그랬나 싶을 정도로 적은 돈이야. 그러나 그 시절엔 그런 돈마저도 요긴하게 쓰는 돈이었지. 지금은 금학동 골목길에 세 군데나 있던 구멍가게들이 모조리 사라지고 말았으니 이 또한 한바탕 꿈속에서 본 듯한 느낌이 드는 풍경이란다.

/

아버지가
가난해도 괜찮아

설날이면 친척들이 모두 우리 할아버지 집에 모였다. 나는 많은 사촌 자매들과 함께 몇 번이고 세배를 했다. 그중에서 나는 제일 예쁜 아이였다. 그리고 가장 예쁘지 않은 옷을 입은 아이기도 했다.

어려서 나는 쑥쑥 자랐기 때문에 한복은 금방 짧아졌다. 몇 번의 설과 추석을 지내면 손목과 발목이 쑥 나와 버렸다. 그러면 치마를 힘껏 끌어 내리고 팔을 구부정하게 소매 안으로 감추었다. 그걸 본 엄마는 공장에 나갔다. 누에 치는 공장에 다녀 몸에 똥내가 빠지지 않을 때쯤 나의 새 한복이 생겼다. 진한 분홍색 치마에는 꽃수가 자잘하게 놓여 있었다. 나는 그 한복이 너무 싫었다.

"예쁘지?"

엄마가 한복을 만지며 웃었다. 나도 같이 웃었다.

"응, 예뻐."

그때 나는 한복을 보고 있지 않았다. 대신 엄마의 손을 보고 있었다. 고운 한복에 비해 엄마의 손은 너무 거칠었다. 우리 엄마의 손은 저딴 한복 따위에 비할 수 없을 정도로 내가 사랑하는 손이었는데 말이다.

엄마는 할 수 있는 건 다 했다. 속옷 공장에도 다녔고, 병아리 부화소에도 다녔다. 동네에서 누가 일감이 있다 하면 쫓아가서 받아 왔다. 몇 달은 마대 가득 넥타이를 받아와 밤새 바느질하기도 했다. 어머니가 속옷 공장에 다닐 때는 불량 메리야스를 공짜로 받을 수 있어 좋았다. 집에서 인형 눈알을 붙일 때, 본드 냄새가 잔뜩 나도 좋았다. 열 개 붙이면 얼마, 이렇게 엄마랑 헤아리며 함께 일하곤 했다. 본드가 잘 마르게 방바닥에 늘어놨다가도 아버지 오기 전에는 치웠다. 아버지는 엄마가 이런 일 하는 걸 싫어했다. 가장의 체면이 안 산다는, 선비 같은 생각이었다.

나는 아버지가 싫어하는 게 싫었다. 엄마는 칭찬받아 마땅했다. 그녀는 일종의 전사였기 때문이다. 엄마는 당신의 온몸만을 가지고 가난과 싸우고 있었다. 엄마의 몸은 말랑했고 가난은 강철 같았다. 그래서 엄마는 자주 앓았다. 이게 내가 공부를 잘하게 된 이유다. 가진 게 없는 집이어서 내가 나의 미래였다. 가난이 나를 일찍 철든 아이로 만들었다.

그렇다고 해서 내 부모를 원망하거나 미워한 적은 없다. 집에 돈이 없다는 사실은 그냥 사실일 뿐이었다. 나는 목욕탕을 가지 못해 항상 배꼽에 때가 새까맣고 머리에는 이와 서캐가 자랐다. 그렇다고 뭐 어떤가. 엄마는 해가 잘 들면 나를 다리 사이에 끼고 앉아 이를 잡아 줬다. 더러운 나를 더럽지 않게 안아 주는 품이 있을 때, 나는 더러운 아이가 아니라 행복한 아이가 될 수 있었다.

누구에게나 가난은 서럽고 고통스럽다. 그런데 내가 어렸을 때에는 가난이 나를 직접 괴롭히지 않았다. 가난은 차가운 비처럼 스며 뼈마디를 시리게 한다. 그런데 어렸을 때 나는 그 사실을 잘 몰랐다. 지금 생각해 보면 엄마가 스스로 '사람 외투'가 되어 나를 감싸고 있었다. 가난을 모른

척했던 아버지도 '사람 우산'이 되어 우리를 가려 주고 있었다. 엄마의 살과 피로 된 외투는 연약했고, 아버지의 의지와 노력으로 된 우산에는 구멍이 나 있었을 것이다. 그래도 그 안에 들어 있던 나는 따뜻했다.

그때 나는 밤에 항상 아버지와 엄마 사이에 끼어서 잤다. 우리 집은 대충 지어 외풍이 드센 집이라고들 했지만 늘 잘 잤다. 추워서 깬 적은 한 번도 없었다. 가난이 추워서 운 적은 한 번도 없었다.

그 시절을 아버지는 노인이 되어 자주 미안해하신다.

"아버지가 가난해서 미안해. 어린 너에게 못해 주어서 미안해."

나는 아버지가 왜 그러는지 잘 이해가 되지 않는다. 아마도 나는 춥지 않았는데 아버지에게는 많이 추웠나 보다. 아버지가 돌아가실 때 저 미안함을 안고 갈까, 나는 그게 걱정이다.

"아버지, 가난이 반갑지는 않았지만 원망스럽지도 않았어요. 그건 '우리'의 것이었으니까요. 아버지가 나 대신 가난을 다 막아 줬으니까요."

성호네

우리가 감나무 안집에서 살 때 이웃이 별로 없었다. 차라리 엄마 나이 또래가 되는 이웃의 아낙이 없어서 그랬다고 말하는 편이 나을 것 같다. 너와 너희 오빠가 자주 나가서 놀던 좁은 뜨락, 장꽝 옆으로 쪽문이 하나 있어서 옆집 할아버지 할머니 내외와 서로 오가며 지내긴 했지만 그분들은 그냥 노인들이었고 주변에 있는 또 다른 이웃집들도 노인들이 주로 살고 있어 한창 젊은 나이인 엄마와 내가 정을 붙이고 살 만한 이웃이 없었다.

다행히 가까운 거리에 교회가 하나 있어서 교회 목사님네 가족과 자주 오가며 지낸 일들이 좋았지. 공주로 이사 오자마자 너희 엄마가 찾은 곳은 교회였는데 마침 금학동 개울가에 세워진 조그만 교회가 동암교회였지. 처음 이름

나만 아는 풀꽃 향기

은 금학성결교회. 아빠보다 조금 젊은 나이인 이익로 목사님이 청년 시절부터 공을 들여 개척한 교회였지. 바로 그 이익로 목사님에게 아들 둘이 있는데 큰아들이 너희 오빠 또래였고 둘째가 너의 또래였지.

특히 사모님이 참 좋은 분이었어. 우리가 그냥 큰아들 이름을 붙여 부르는 '성진이 엄마'는 목사 사모님으로 말 없이 인내하며 봉사하고 끝없이 헌신하는 분이었지. 아마도 그런 점이 너희 엄마와 통했던 것 같아. 마치 자매처럼 오가며 서로 소리 없는 말로 마음을 주고받으며 사는 것처럼 보였어. 그래, 참 좋은 분. 지금도 생각이 나. 언제나 밝은 얼굴에 가득했던 선한 웃음. 마음을 줄 만한 사람이 마땅치 않았던 너희 엄마가 아주 많이 의지하고 마음을 주었던 것 같아.

아니야. 우리가 많은 신세를 지면서 산 것 같아. 주변에 동직원 가족도 없었으니까 급한 일이 생길 때면 교회로 달려갔고 성진이 엄마를 찾았지. 심지어 네가 젖니를 갈 때도 아빠가 자신 없다고 그러니까 너희 엄마는 너를 데리고 교회로 가서 목사님에게 부탁했지. 결국은 이익로 목사님이 실로 흔들어 빼 주셨거든.

그때 목사님은 우스갯소리로 말하곤 했지. "민애야, 너

나중 어른 되어 시집가면 이빨 빼 준 값으로 목사님 양복 한 벌 해 주어야 해!" 지금 와 돌아보니 그 약속을 지키지 못했단 생각이 드는구나. 지금이라도 목사님에게 네 이빨 빼 준 값을 드려야 하지 않을까 싶단다. 가끔 네가 칭얼대고 울면 엄마가 또 그랬어. "너 그러면 엄마, 성호네 간다." 성호는 성진이 동생 이름. 그러면 칭얼대던 네가 "아냐, 엄마 가지 마." 매달리며 울음을 그칠 정도였으니까 말이야.

집안은 가난했고 너희들은 아직 어리고 자기 몸은 아프고 날마다 힘들고 우울하고 지쳤던 너희 엄마는 오로지

1982년, 3살 때,
아빠네 학교로 놀러 온 민애.

　　　　　　　　　　　나만 아는 풀꽃 향기

너희 남매 잘 키워 대학에 보내어 졸업시킬 때까지만이라도 자기가 사는 것이 꿈이라고 말했지. 정작 본인은 잊었을지 모르겠지만 자주 그런 말을 했거든. 학교에 출근했다가 돌아와 보면 어둑한 방바닥에 엎드려 기도하거나 찬송가를 부르고 있는 너희 엄마를 볼 수 있었어. 너희 엄마에게 그 길밖엔 없었던 것이지. 그 옆에서 너희 남매가 또 침울하게 앉아서 놀고 있었고.

지금 내가 가지고 있는 성경책에 있는 찬송가 158장 〈서쪽 하늘 붉은 노을〉이란 찬송가를 너희 엄마가 자주 불렀는데 그 노래를 부를 때면 의미도 알지 못하면서 너는 엄마를 따라서 울곤 했지. 가사 내용보다도 곡조가 구슬펐던가 봐. 가사 1절만 여기 옮겨 볼게. '서쪽 하늘 붉은 노을 언덕 위에 비치누나/연약하신 두 어깨에 십자가를 생각하니/머리에 쓴 가시관과 부목에 걸친 붉은 옷에/피 흘리며 걸어가신 영문 밖의 길이라네'

물론 너는 주일마다 교회의 주일학교도 열심히 다녔지. 주일학교에서 배운 어린이 찬송가를 너는 참 예쁘게 불렀어. 지금도 기억이 나. '어린 사무엘 교회 갔어요/나도 갈래요 나도 갈래요/어린 사무엘 기도했어요/나도 할래요 나도 할래요' 그런데 말이야, 아직 네가 발음이 시원치 않아서 '나도 갈래요 나도 갈래요'와 '나도 할래요 나도 할래요' 그 대목을 '나도 달래요 나도 달래요'라고 똑같이 부르는 거야. 노래 부를 때마다 두 볼이 볼록볼록 올라왔다 내려갔다 하는 모습이 얼마나 예뻤는지 모른단다.

목마와 딸기

민애야, 네가 집을 떠나 서울에 올라가 살면서 엄마나 아빠에게 무엇인가 우편이나 소포로 보낼 때는 긴 편지보다는 쪽지 편지를 자주 써서 보냈다. 책이나 학위 논문을 보낼 때 말이야.

① 이 논문의 절반 이상이 아버지 몫입니다. 아버지께 드립니다. 04년 8. 7. 나민애 드림.

② 존경하고 사랑하는 부모님 덕에 이 논문이 나오게 되었습니다. 두 분께 바칩니다. 2013년 2월. 딸 나민애 드림.

③ 피로 나를 낳으시고 사랑으로 나를 기르시고 의지로 나를 지키신 내 아버지, 한 분뿐인 나태주 님께. 2022.2.18.

저자이자 딸, 나민애 드림.

④ 기도로 나를 낳으시고 사랑으로 나를 기르시고 눈물로
나를 지키신 내 어머니, 한 분뿐인 김성예 님께. 2022.2.18.
저자이자 딸, 나민애 드림.

위에 적은 쪽글 ①은 서울대학교 국문학석사 학위 논문
에 서명하면서 쓴 것이고, ②는 역시 서울대학교 문학박사
학위 논문에 서명하면서 쓴 것이고, ③과 ④는 얼마 전에
나온 에세이 『반짝이지 않아도 사랑이 된다』에 너희 엄마
와 나의 책에 각각 서명하면서 쓴 문장들이야.

글쎄, 내가 아직도 철이 모자란 사람이라 그런지 몰라도
그런 짧은 문장을 읽을 때마다 가슴이 울컥해지면서 눈물
이 핑 돌곤 했단다. 아마도 내가 정년 퇴임을 하던 해에 크
게 아파서 병원 신세를 오래 지고 나와서 환자로 집에서
지낼 때의 일이었나 보다. 엄마에게 화장품을 사서 보내면
서 적은 쪽지 편지의 이런 문구는 더욱 나의 마음을 아프
고도 슬프게 했단다.

'난 아직도 껌이나 바나나랑 딸기를 보면 가슴이 아파'
그래, 어려서 네가 그런 것들에 많이 목이 말랐고 부족했

던 탓에 그럴 거야. 아빠가 어려서 장갑이나 학용품 종류, 사진이나 편지에 궁핍함을 느꼈듯이 너도 그런 것들에게 궁기를 많이 가져서 그런 걸 거야. 이런 대목에서도 아빠는 참 많이 너희들에게 미안한 마음을 갖는다.

앞에서도 여러 차례 말했듯이 도무지 우리 집엔 돈이 부족했지. 부족해도 턱없이 부족했지. 그러니 너희들이 좋아하는 것들을 시원스럽게 사 주지 못할밖에. 너희 오빠가 자주 마징가 제트 같은 장난감을 사 달라고 조르면 너희 엄마는 이렇게 말하곤 했지. "이 녀석아, 우리 집은 너의 아빠가 선생을 해서 근근이 먹고 사는 거야. 왜 자꾸 장난감을 사 달라고 그러는 거야."

아마도 네가 4살이나 5살쯤, 유치원에 들어가기 전일 거야. 겨울이 가고 봄이 와 날씨가 풀리면 우리 집 골목길로 목마 아줌마가 손수레에 목마를 끌고 나타나곤 했지. 리어카 같은 손수레에 목마 하나를 덩그러니 올려놓은 건데 몸통의 구멍에 동전을 넣으면 동전의 액수만큼 몸을 위로 들어 올렸다 내렸다 하는 장난감 같은 목마였어. 그런데 그 목마가 아이들에게 인기였어. 금학교회 다리를 건너오면서부터 목마 아줌마는 스피커로 노래를 크게 더욱 크게 들려주는 거야. 동네 아이들에게 자기가 왔다는 걸 알리는 신호였지.

'태극기가 바람에 펄럭입니다/하늘 높이 아름답게 펄럭입니다' 이런 〈태극기〉 노래라든가 유치원생이나 초등학교 1학년 아이들이 부르는 〈바둑이 방울〉 같은 노래 말이야. '딸랑 딸랑 딸랑 딸랑 딸랑 딸랑/바둑이 방울 잘도 울린다/학교 길에 마중 나와서/반갑다고 꼬리 치며 달려온다/딸랑 딸랑 딸랑 딸랑 딸랑 딸랑/바둑이 방울 잘도 울린다'

그러면 너의 귀가 번쩍 뜨여 "엄마, 왔다, 왔어!"라며 눈빛을 반짝였지. 엄마에게 목마를 태워 달라고 그러는 거였어. 그러나 엄마는 번번이 반가운 얼굴이 아니었어. 돈이

1985년, 아빠네 학교로
놀러 와 그네 타는 민애.

나만 아는 풀꽃 향기

없었거든. 돈이라고 해야 50원짜리 동전 하나였는데 말야. 그렇지만 두부 한 모에 200원, 300원 할 때였으니까 50원은 엄마에게 상당히 소중한 돈이었어. 동네에 사는 네 또래인 예진이나 영아 같은 아이들은 자주 타는데 너만 그걸 자주 타지 못했지.

어떤 날은 엄마가 먼저 그 목마 아줌마의 음악 소리를 듣고 곁에 있는 양재기나 세숫대야와 같이 쇠붙이로 된 그릇을 숟가락으로 세게 두드리면서 "민애야, 민애야. 이 소리 좀 들어 봐." 하면서 너의 귀를 가리려고 했지만 영리한 너의 귀가 속아 줄 리가 없지. 더 빨리 귀가 열리면서 목마 아줌마의 그 예의 음악 소리를 따라 대문을 열치고 나갔던 거야. 아, 그런 생각만 하면 지금도 가슴이 아프고 울렁거려 온다. 가난하고 주변머리 없어 부끄러운 애비의 초상이라니!

"엄마, 엄마, 엄마……." 네가 엄마 치마꼬리를 잡고 울먹이는 목소리로 사정사정하면 그제야 엄마는 겨우 지갑에서 동전 하나를 꺼내어 너의 손을 이끌고 목마 아줌마한테로 갔지. 학교에서 퇴근해 엄마에게서 들은 얘긴데, 너는 목마 위에 가만히 앉아 있기만 해도 목마가 올라갔다 내려왔다 하도록 되어 있는데 네 편에서 먼저 엉덩이를 들어 올렸다 내렸다 그런다는 거야. 그러다가 돈의 액수만큼 시간이 지나면 목마가 딱 멈추어 버린다는 거야. 그래도 너는 목마에서 내려오지 않고 움직임이 멈춘 목마 위에서 계속해서 몸을 위로 아래로 움직인다는 거야.

지금도 이런 얘기를 하려고 하니 마음이 아프고 힘들구나. 그런데 이보다 더 마음 아픈 얘기는 딸기 얘기야. 너는 어려서 엄마를 따라 시장 구경 가는 걸 좋아했어. 이것도 이른 봄의 이야긴가 보다. 네 손을 잡고 엄마가 시장에 갔다고 그래. 이른 봄인데 벌써 딸기가 나왔더래. 길가에 딸기 파는 아줌마가 전을 펼치고 있었던 거지. 우리 집에서는 딸기 같은 과일은 엄두도 내지 못할 때야. 너희 엄마가 먼저 딸기 아줌마를 보았대.

'민애가 보면 분명 딸기를 먹고 싶어 할 텐데, 어쩌나?' 생각 끝에 엄마는 너의 손을 잡은 채 다른 쪽 손으로 치맛단을 끌어 올려 네 눈을 가렸다고 해. 그런데 영리한 네가 그걸 눈치채지 못할 까닭이 없지. 오히려 더 이상하다 생각하여 두리번거리다가 딸기 아줌마를 발견하고 만 거야. "엄마 딸기, 딸기가 먹고 싶어." 어쩔 수 없이 엄마는 네 손을 이끌고 딸기 아줌마에게 가서 말했다고 그래. "아주머니, 미안한데요, 우리 애가 먹고 싶어서 그러니 딸기 다섯

나만 아는 풀꽃 향기

개만 팔 수 있을까요?" 그랬더니 딸기 아줌마가 버럭 화를 내더라는 거야. "이 아줌마 좀 봐, 어떻게 딸기를 그렇게 팔아요. 재수 없으니 저리로 가요."

딸기 아줌마에게 망신을 당한 것이지. 그때 엄마의 마음은 얼마나 미안하고 아프고 힘들고 그랬을까! 또 그런 엄마의 모습을 옆에서 보고 먹고 싶은 딸기를 눈으로만 보고 돌아선 너는 또 마음이 얼마나 슬펐을까! 지금도 이런 생각을 하면 내가 눈시울이 붉어진다. 미안하다, 미안해. 너에게 미안하고 너희 엄마에게 미안하다. 아 오늘은 마음이 아파 여기까지만 써야겠다.

딸기 철

봄마다 딸기 철에 가장 많이 생각나는 사람은 우리 딸

봄마다 딸기가 그렇게 먹고 싶다 했지만

딸기를 사주지 못했던 우리 딸

제 엄마 시장에 가면 따라가 치마꼬리 잡고

딸기 사달라고 조르고 조르던 아이

그러나 제 엄마는 딸아이에게 딸기를 사줄 만한 돈이

없어

딸기장수 아줌마 보지 못하게 하려고 치마로 일부러

가리고 다녀야만 했던 우리 딸

제 엄마 딸기장수 아주머니에게 100원어치만 200원어

치만

딸기를 팔 수 없겠냐고 말했다가 된통 혼나게 만든 우

리 딸

봄이 와 딸기 철이면 제일 먼저 딸아이에게 딸기를 사

주고 싶다

딸기를 먹고 있는 딸기 같은 딸아이를 보고 싶다

그러나 그 아이 이제는 어른으로 자라 시집을 가서

딸기 사달라고 조르던 제 어릴 때만큼의 딸아이를 둔

엄마가 되어버렸다.

오빠를 따라서

엄마는 늘 그랬다. "우리 민애는 싱킬 것이 없는 애예요."
아마도 그 말은 엄마가 시골 살 때 어른들이 하는 말을 배
워서 쓰는 말 같은데 '신경 쓸 것이 없는 아이', '미더운 아
이' 정도 되는 뜻이 아닌가 싶어. 어쨌든 민애는 무슨 일이
든 어른이 시키기 전에 했고 제 일을 제가 알아서 하는 아
이였다.

민애 너를 임신했을 때도 틈틈이 엄마의 기도가 그랬
어. '딸이든 아들이든 다 좋으니 예쁘고 총명하고 건강한
아이를 낳게 해 주십시오' 그 기도를 하나님이 들어 응답
해 주셨다고 생각해. 정말로 너는 너희 엄마 기도 내용대
로 '예쁘고 총명하고 건강한 아이'였거든. 아빠가 도저히
예뻐하지 않고 사랑하지 않고는 배겨 낼 수 없는 아이였

나만 아는 풀꽃 향기

단다.

그렇다고 한발 먼저 태어난 너희 오빠가 나쁜 아이란 건 아니야. 그 아이는 남자아이치고서는 마음씨가 순하고 고운 아이였지. 어린 시절부터 평화주의자, 인도주의자였어. 감나무 안집에 살 때 말이야. 얼마나 허술한 집이었던지 벽이나 방바닥 틈에서 아주 작은 개미들이 방 안에 들어와 사람과 함께 살았지. 엄마가 '먼지개미'라고 불렀던 개미들인데 아주 몸집이 작은 개미였어. 그 개미가 어쩌다 밥상으로 기어올라올 때가 있어. 그럴 때에도 너희 오빠는 그 개미들을 죽이지 않았지.

'왜 불쌍한 개미들을 죽여야 하느냐'고 말하는 아이가 너희 오빠였거든. 그만큼 마음이 고운 아이였던 것이지. 그런데 아빠는 그런 점이 좀 못마땅했어. 사내아이가 다부지지 못하다고 생각했던 것이지. 또 그런 성격 때문에 가끔은 맡겨진 일을 흐지부지하고 약속을 지켜 내지 못했거든. 하지만 너는 마음이 다부지고 결단력 있는 아이였어. 한번 한다고 하면 하고 안 한다면 하면 안 하는 그런 아이였지.

너와 너희 오빠는 어려서 참 사이가 좋았단다. 너도 오빠 말을 잘 들었지만 무엇보다 너희 오빠 병윤이가 너에게 잘해 주었던 것 같아. 한 번도 자라면서 너희들이 싸우는 걸 본 일이 없다. 언제나 너는 오빠를 따르고 순종했으며 너희 오빠는 너를 존중해 주며 아껴 주었지. 네가 걸음을 걷기 시작하면서부터 너희 오빠는 너를 데리고 마당으로 나가 제가 타던 세발자전거에 태워 뒤를 밀어 주곤 했지. 오늘에 와서 그 점을 아빠와 엄마는 참 고맙게 생각한단다.

민애 너는 오빠가 초등학교에 들어가면서 저도 따라서 학교에 가고 싶어 했어. 어쩌다 오빠 친구들이 집에 오면 저도 끼어서 놀고 그랬고 사진을 찍을 때도 오빠 친구들 사이에 끼어서 찍는 걸 좋아했어. 말하자면 의욕이 강한

1984년 봄, 초등학교에
들어간 오빠의 등굣길에.

나만 아는 풀꽃 향기

아이였던 거야.

　너희 오빠가 학교에 들어가 1학년 때 운동회 날이었을
거야. 그때는 나도 너희 오빠가 다니던 공주교대 부설초
등학교 선생으로 근무할 때인데 운동회 프로그램에 '취학
전 어린이 경기'란 것이 있었단다. 그러니까 학교에 들어
오기 전 아이들이 나와서 경기를 하는 행사였어. 그런데
그 경기가 세발자전거 타기였어. 그때 너는 집에서 오빠
한테 배운 세발자전거 타기 실력을 발휘하여 1등을 하기
도 했단다. 지금도 사진에서 보면 저 뒤편으로 영상이 흔
들리긴 했지만 응원하고 있는 너희 엄마와 오빠 모습이

1984년, 오빠네 학교 운동횟날, 세발자전거 타기 경주 출발 준비.

보인단다.

그런데 너에게 또 미안한 일은 네가 유치원을 끝까지 다니지 못한 일이란다. 네가 다닌 유치원은 공주유치원. 너희 오빠는 유치원 문 앞에도 가 보지 못한 아이였지만 그래도 너는 둘째라서 유치원이란 데를 보내게 되었단다. 어쩌면 동네에 사는 네 또래의 아이들이 유치원에 들어가는 걸 보고 네가 졸라서 들어간 유치원일지도 몰라. 너는 아주 어려서부터 유치원 가방을 메고 다니는 걸 좋아했거든.

그러니까 그것이 1985년 네가 부설초등학교 1학년에

1985년,
공주유치원 선생님들과.

나만 아는 풀꽃 향기

입학하던 전해 11월이나 12월이었을 거야. 네가 아주 독한 독감에 걸려서 여러 날 앓은 일이 있었단다. 그걸 핑계 삼아 유치원 다니는 걸 아주 끝내 버린 거야. 엄마가 그랬어. 실은 그게 유치원에 학비로 낼 돈을 아낄 심산으로 그랬던 거야. 그렇지만 너는 자꾸만 유치원 선생님들을 그리워했어. 보고 싶다고, 선생님이 보고 싶다고 노래 삼아서 말했어.

네가 좋아한 유치원 선생님은 두 분. 한 분의 성은 모르겠는데 그중 한 분이 '양 선생님'이란 것은 아빠도 기억한다. 네가 노래하듯이 양 선생님, 양 선생님, 그랬었으니까. 생각하면 이건 그리운 일이 아니고 마냥 부끄러운 일이고 괴로운 일이구나!

비 오는 아침

팔랑팔랑
노랑나비 한 마리
춤을 추며
날아갑니다.

살랑살랑
노랑 팬지꽃 한 송이
노래하며
걸어갑니다.

우리 집 딸아이
노랑 우산 받쳐 들고 가는
아침 학교길.

나만 아는 풀꽃 향기

옷 벗고 치운 봄날

비 오는 아침.

감나무 아래

감나무 안집은 집이 너무 작기도 했지만 뜨락도 너무 좁았다. 거기에 키가 큰 감나무까지 두 그루 서 있었으니 비좁음이 더욱 심했었지. 하지만 우리는 그것을 별로 탓하지 않았지. 실은 그걸 탓하고 말고 할 입장이 못되었어. 그나마도 감지덕지하며 살아야만 했으니까. 후생주택은 단열도 보온도 되지 않아 겨울에는 추웠고 여름에는 더웠다. 그냥 자연 그대로 사는 수밖에는 없는 일이었지.

민애야. 너도 어렴풋하게 기억을 할지 몰라. 두 그루 감나무 사이에 만들어 놓은 네모진 공간 말이야. 우리는 그걸 그냥 '평상'이라 불렀지. 하지만 그건 평상이 아니야. 보통 평상은 나무로 만든 들마루를 말하는데 우리가 감나무 아래 만든 공간은 네모난 상자 모양이었으니까. 그 위

나만 아는 풀꽃 향기

에 비닐 장판을 깔아 마치 방바닥처럼 보이게 했지.

낡은 선풍기가 하나 있기는 했지만 여름철에는 참 집 안이 덥고 답답했다. 그럴 때마다 우리 식구들은 그 평상에 나와 앉아서 땀을 식히고 잠시 이야기도 하고 더러는 음식도 나누어 먹고 했지. 낮에는 물론 너와 너희 오빠의 놀이터가 되기도 했고. 그 자리는 또 내가 가끔 나와 앉아서 책을 읽기도 하던 자리이기도 했지.

지금 어디에 그런 집이 있고 그런 평상이 있겠니. 생각해 보면 아득하고 아득한 기억 저 너머 그립기도 하고 안쓰럽기도 하고 미안하기도 한 마음뿐이란다. 네가 유치원 다닐

1984년 5살 때,
감나무 아래 놀고 있는 민애.

때였을 거야. 한번인가는 네가 땅바닥에 넘어져 왼쪽 볼을 다친 일이 있었지. 그때 내가 사진을 찍자고 했더니 네가 얼굴을 왼편으로 돌려 상처 난 부분이 안 보이게 찍은 일이 있었다. 그렇게 너는 영리한 아이였단다.

지금도 사진을 보면 왼편으로 돌린 너의 얼굴 저쪽에 살짝 상처 난 부분이 보여. 그리고 네가 앉아 있는 뒷자리로 소꿉들이 보이는구나. 바람이 부는 날이면 키 큰 감나무 무성한 감잎 사이로 바람이 마치 바닷물 소리처럼 소리를 내면서 흘러가곤 했지. 그 감나무에서 가을이면 엄마는 감을 천 개도 넘게 딴 일이 있다는구나. 아, 우리에게도 그런 날이 있었다니……. 이 역시 잠시 꿈을 꾼 듯한 마음이란다.

나만 아는 풀꽃 향기

민애의 노래 1

착한 아이는
울지 않는다

엄마 없어도
울지 않는다

아빠 없어도
울지 않는다

혼자 있어도
울지 않는다.

/

아버지의
감나무

아버지는 꽃을 잘 그리는데 나는 아버지의 꽃 그림을 그다지 좋아하지 않는다. 꽃 같은, 꽃처럼, 꽃보다 좋은 시절은 아버지의 지난 삶과 거리가 있다. 그래서 아버지의 꽃 그림을 보면 예쁘기보다 조금 가슴이 아프다.

아버지는 현실이 진창이어도 꽃 한 송이를 품고 집에 오는 사람이었다. 마음에 항상 꽃밭이 있다는 말이다. 꽃밭을 가지지 않고서도 꽃을 그리는 시인이라니. 어려서 나는 그런 아버지를 이해할 수 없었다. 물론 이제는 아버지 마음속 작은 꽃밭을 나는 본 듯이 그릴 수 있을 것 같다. 한편으로는 너무 늦은 것은 아닐까 걱정이 된다. 얼마 전에는 꽃밭 사이에 서 있는 아버지를 꿈에서 보기도 했다. 꽃도 아버지도 슬플 게 하나도 없는 꿈이었는데 자고 일어나서는 조금 울었다.

아버지의 인생 자체가 꽃이 없어도 꽃을 그리는 식이었다. 비슷하게 아버지는 돈이 있어 부자인 사람도 있지만 돈이 없어도 부자인 사람도 있다고, 후자가 진정한 부자라고 말씀하셨다. '아버지가 가난하니까 그런 소리 하지', 어려서는 이렇게 입을 삐죽였더랬다. 뒤늦게 나는 아버지의 말씀을 조금 이해한다.

아버지는 들판에 널린 야생화의 이름을 줄줄 외고, 세상 천지 모든 풀꽃을 자기 앞마당에 피어난 꽃처럼 생각했다. 그런데 정작 우리 집에는 꽃밭이 없었다. 어려서 살았던 집은 아주 작고 아담했는데 훨씬 더 작고 아담한 채소밭이 장독대 옆에 있었다. 거기에는 쪼그리고 앉아서 보아야 하는 앉은뱅이 꽃, 채송화가 심겨 있었다. 진한 분홍색 꽃이 피어나면 제법 예뻤다. 칙칙한 집의 유일한 채색이었다.

꽃은 오래가지 못했다. 우리 집의 현실은 꽃과 멀었으니까. 채송화는 엄마가 파서 없애 버렸다. 그 자리에 엄마는 호박을 심고 밤사이 요강에 받아 놓은 오줌을 아침마다 부어 주었다. 호박은 오줌을 먹고 자라고, 우리는 호박을 먹고 컸다. 호박과 내가 자라던 그 집이 바로 내 유년 시절의 보금자리였다. 나는 사람이란 오직 사람만을 사랑하는 줄 알았는데, 나중에 그 집을 떠날 때 알게 되었다. 사람이 공간을 사랑할 수도 있는 거구나. 사람은 뭐든 사랑할 수 있구나.

엄마는 주인집 곁방살이하던 신혼 이야기를 종종 하셨는데 내가 자랐던 집은 다행히 남의 집은 아니었다. 아버지가 큰 상을 받아서 샀다고, 엄마는 집을 애지중지하셨다. 엄마가 집을 아낀다는 사실은 장독대, 연탄광, 아궁이, 이 세 장소를 통해 알 수 있었다. 우선 나의 모친은 늘상 장독대를 쓸고 닦았다. 볕이 좋으면 장독 뚜껑을 열어 두고, 나한테는 파리채를 쥐여 주었다. 나는 구더기가 슬지 않게 파리를 쫓아 가면서, 고추장 표면이 딴딴하게 굳어 가면 손가락으로 쿡쿡 찍어 먹곤 했다. 엄마의 곳간은 쌀통이 아니라 연탄광에 있었다. 가을 즈음, 연탄집 아저씨가 리어카에 연탄을 가득 싣고 오는 날은 어쩐지 엄마도 나도 흥분해 있었다. 두 장씩, 세 장씩 안아다가 연탄광 안

쪽부터 차곡차곡 연탄을 쌓아 올렸다. 그날은 안 먹어도 배부른 날이었다. 오래된 집이고 대충 지은 집이어서 아궁이가 엉망이었는데 엄마는 연탄가스가 샐까 봐 노심초사였다. 그래서 아궁이에 석회를 이겨 바르고 목수 아저씨를 불러다가 수리도 하곤 했는데 매년 고장이 났다. 그런 아궁이를 고치는 것은 엄마의 특별한 행사였다.

그럴 때마다 아버지는 집에 없었다. 갑자기 소나기가 쏟아져 뚜껑을 열어 놓은 고추장이 망가질 때에도, 연탄 아저씨가 일손이 없다고 짜증을 낼 때에도, 목수 아저씨에게 국수를 말아 주며 아궁이를 부탁할 때에도. 부산한 날을 일부러 피한 듯 아버지는 집에 계시지 않았다. 반대로 아버지가 집에 있을 때는 항상 평화롭고 조용하고 아무 일도 없는 날이었다. 한적하고 태평한 날을 골라 아버지는 감나무 아래 평상에 앉아 계셨다. 감나무 아래 심긴 식물 같은 아버지. 이것이 내 유년의 가장 평화로운 풍경이다.

우리 집의 유일한 자랑거리는 두 그루의 큰 감나무였다. 그 나무만 없어도 집을 더 넓게 썼을 텐데 오래되고 튼튼한 나무가 떡 버티고 있어서 대문에서 마루로 들어오는 길이 좁았다. 그렇지만 나는 감나무가 제일 좋았다. 항상 거기 있었고, 항상 든든했고, 잊지 않고 감을 몇 접씩 내주는 게 충성스러웠다. 아버지는 항상 거기 있어 주지 않았고, 나는 아버지를 사랑했지만 아버지는 든든하지 않았고, 변덕도 있어 여름날 날씨 같았다. 그래서 나는 아버지가 아버지 같지 않고 감나무 같을 때를 좋아했다.

감나무 같은 아버지는 오직 감나무 아래에서만 만날 수 있었다. 아버지는 초등학교 선생님이니까 여름방학이 있었다. 햇빛이 아무리 따가운 여름이어도 무성한 감나무 아래는 끄떡없었다. 오히려 감나무 잎사귀는 촘촘히 얽혀 있어 파라솔처럼 진한 그늘을 드리워 주었다. 두 그루의 감나무 사이에는 벽돌로 쌓은 평상이 있었는데 아버지는 거기에 앉은뱅이책상을 놓고 원고를 썼다.

나무와 나무 사이, 노란 장판이 깔린 평상의 가운데. 손때 묻은 책상 위에 놓인 몽당연필과 원고지. 이런 배경 속의 아버지는 내가 알고 있는 중에 제일 좋은 아버지였다. 하얀 반팔 러닝을 입고 있어서 그랬는지, 우리 아버지는 털도 없고 살이 하얀 편이어서 그랬는지 여름 햇살 아래

나만 아는 풀꽃 향기

흰 원고지를 붙잡고 있는 아버지한테서는 빛이 나는 것 같았다. 원고가 잘 써지는 때면 나를 불러 읽어 주셨는데 그럴 때 아버지의 목소리는 낮고도 울림이 있었다. 아버지는 원고를 쓰다가 말고 수건에 물을 묻혀서 난초 이파리를 하나하나 닦아 주기도 했다. 딸과 원고와 감나무와 난초 사이에서 아버지는 예전의 신선처럼, 오랜 날의 선비처럼 행복했다.

어렸던 나는 그 모습이 아버지의 가장 본인다운 모습인 걸 알았다. 직장에 나가는, 가족을 이끄는, 생계를 책임지는, 승진 시험을 보는 아버지는 다른 사람이었다. 그 사람은 감나무 아래의 아버지와 같지 않았다. 눈코입이 같아도 다른 얼굴이었다. 아버지는 껍데기를 쓰고 있는 듯했다. 사회적 가면이라는 고치를 벗어 버리고 나서, 아버지의 진정한 알맹이 그대로는 항상 감나무 사이, 평상 위에 앉아 있었다. 말랑하고 하얀 아버지의 얼굴을 보면서 나는 자기 자신 그대로의 순간이 얼마나 소중한 것인지 배울 수 있었다.

아버지는 감나무 아래에서 글을 쓸 때 가장 행복했으니,

평생 감나무처럼 살고 싶었는지 모른다. 본인도 크고 든든하고 정결한 나무가 되어 바람과 오욕에 흔들리지 않고 싶었을 것이다. 그런데 일터로 가는 아침이 되면 아버지는 본인의 일부를 감나무 있는 마당에 벗어 두고 아버지 나태주, 가장 나태주가 되어 자전거 페달을 돌렸다.

"안녕히 다녀오세요." 아버지 출근 때마다 습관적으로 인사를 했는데, 이 배웅은 아버지에게 무겁지 않았을까. 나는 아버지가 돈을 벌어 오지 않으면 굶을 수밖에 없는 약체였기 때문에 안녕히 다녀올 아버지를 기다렸다. 아버지는 당신 그대로 다녀오고 싶었을 텐데, 생겨난 나태주 그 모습 그대로 살고 싶었을 텐데, 집에서는 그걸 방해하는 가족들이 기다리고 있었다.

나는 아버지의 가장 행복한 표정을 알고 있다. 딸인 입장에서 안타깝지만, 솔직히 말해서 그건 내 아버지로서의 얼굴이 아니었다. 그래서 미안하다. 아버지는 자기 자신을 잃어 가면서 내 아버지가 되었다. 소년 나태주, 청년 나태주, 꿈꾸는 나태주를 두고 나민애의 아버지가 되었다. 그래 놓고 그 사실을 말하지 않고, 나를 탓하지도 않았던 것

나만 아는 풀꽃 향기

이 고맙다.

　30년이 넘게 지났다. 아직도 평상의 노란 장판이 미끌미끌했던 것, 구석구석 찢어지기도 했던 게 생각난다. 거긴 우리 집 최고 명당이었으니까 나는 사금파리에 풀잎을 찧으며 소꿉놀이를 하곤 했다. 그러다 '아버지' 하고 부르면 러닝과 반바지 차림의 아버지는 '왜?' 하면서 뒤를 돌아보곤 했다. 자기 원래 얼굴은 원고지 안에 떨구고서, 금방 내 아버지의 얼굴이 되어 뒤를 돌아보곤 했다. 나는 그게 좋아서 자꾸 부르곤 했다. 일이 없어도 아버지, 아버지, 하고 불렀다. 그땐 몰랐는데, 아버지가 내 아버지가 되어준 것이 고마워서 그랬나 보다.

들장미 소녀 캔디

이제 와 생각해 보면 감나무 안집에서 사는 동안 우리 가족 네 사람은 지극히 가난하고 힘겹게 살았지만 그런대로 가장 의미 있는 삶의 한때를 살았지 싶다. 가장 중요한 일은 그 집에서 너희 두 아이가 자랐다는 점이야. 특히 민애는 세상에 태어난 지 반 년도 안 된 갓난아기로 그 집에 들어가서 초등학교 6학년 1학기까지 살았으니까 더더욱 의미 있는 집이었다 할 거야. 또 그 집은 우리 부부로서도 세상에 태어나 맨 처음 가져 본 집이기도 했고.

그렇지만 그 집에 살 때 민애가 제일 어린 사람이면서 제일 많이 고통당하고 피해를 받은 사람이 되어서 살아야만 했다. 네 식구 가운데 민애 한 사람만 병원 신세를 지지 않고 나머지 세 식구가 골고루 병원에 입원하는 일이 있

나만 아는 풀꽃 향기

었기 때문이야. 엄마가 두 차례 입원하여 대수술을 받는
일이 있었고 오빠가 한차례 입원 치료를 받았고 아빠마저
또 입원해서 대수술을 받았으니까 말이야.

오빠인 병윤이가 입원한 것은 네가 2살 때인 1981년 4월,
신우신염 때문이었고, 엄마가 입원한 것은 네가 3살 때인
1982년 9월과 네가 초등학교 6학년 때인 1991년 5월, 두 차
례. 각각 대전 성모병원과 충남대학병원에서였지. 연거푸
힘든 수술이었다. 첫 번째는 산부인과 계통으로 자궁 절제
수술이었고 두 번째는 갑상선 절제 수술. 두 가지 모두 중
요한 부위에 대한 수술이었으나 다행히 좋은 의사 선생님
들 만나 다시 햇빛을 보는 사람이 되었지. 특히 갑상선 수

1983년 5월, 4살 때, 가방을 멘 민애.

술에서는 충남대학의 의사이자 시인인 손기섭 교수님 도움
을 많이 받았단다.

엄마로서는 1982년에 받은 수술이 세 번째 받는 대수
술로서 그 당시 나이가 33세. 아직은 여성적 기능을 잃고
서는 안 되는 나이였는데 어쩔 수 없이 여성 기능을 모두
잃는 수술을 받아야만 했고, 1991년에 받은 네 번째 대수
술은 또 중요한 호르몬 배출 기관인 갑상선을 모두 잃을
수 있는 수술이어서 긴장되는 수술이었으나 그래도 성공
적으로 병원을 나올 수 있었지.

하기는 엄마가 갑상선 수술 뒤에 오랫동안 성대가 회복

1984년, 눈 내린 겨울날,
집 근처에서 민애.

나만 아는 풀꽃 향기

되지 않아서 혹시나 벙어리가 되는 게 아닐까 걱정했으나 점차 회복되어 가슴을 쓸어내린 일이 있었단다. 그러나 치명적인 것은 가장인 아빠가 신장 결석으로 역시 충남대학병원에 입원하여 수술을 받은 일이야. 오빠가 입원할 때는 너만 혼자 막동리 할머니네 집에 가 있었고 엄마가 입원할 때는 오빠와 함께 막동리 할머니네 집에 있었지만 아빠가 입원을 했을 때는 오빠가 초등학교 1학년에 다닐 때여서 막동리 할머니네 집으로 보내지도 못했지.

아빠가 겁쟁이고 엄살쟁이라서 엄마가 늘 병상 곁에 있어 줘야만 했어. 그래서 너를 교회 사모님에게 부탁하고 병원에만 있었지. 저녁 시간에는 금숙이 언니가 학교에서 돌아오고 오빠도 집에 있지만 오전 시간이 문제였어. 나중에 병원에서 나와서 교회 사모님에게서 들은 이야기지만 너는 금학교회로 가는 다리 위에 혼자 앉아서 무슨 노랜가 흥얼거리곤 했다고 한다. 그것은 그 당시 유행했던 만화영화 〈들장미 소녀 캔디〉의 주제곡이었다고 해.

'괴로워도 슬퍼도 나는 안 울어/참고 참고 또 참지 울긴 왜 울어/웃으면서 달려 보자 푸른 들을/푸른 하늘 바라보며 노래하자/내 이름은 내 이름은 내 이름은 캔디/나 혼자 있으면 어쩐지 쓸쓸해지지만/그럴 땐 얘기를 나누자 거울

속의 나하고/웃어라 웃어라 웃어라 캔디야/울면은 바보다 캔디 캔디야'

그러니까 너 스스로 만화영화의 주인공이 되는 것이었지. 그래서 너 자신을 달래고 위로하고 용기를 가지려고 노력한 것이었지. 그렇게 너는 어려서부터 다부지고 영특한 아이였단다. 병원에서 퇴원한 날 저녁, 목사님 사모님이 차려 주신 저녁상을 앞에 놓고 그 이야기를 전해 들으면서 얼마나 아빠가 울었는지 몰라. 살아서 집으로 돌아온 것이 기쁘지만 너와 너희 오빠에게 미안해서 그랬던 것 같아.

　　　　　　　　　　　　　　나만 아는 풀꽃 향기

엄마 병원에
나도 데려가

나는 아버지의 가난이라든가, 이상한 문학 열정에 대해서는 그냥 그러려니 생각하게 되었다. 집에서 문인들과 술판 벌이는 것, 아버지 입에서 술 냄새가 폴폴 나는 것은 매우 싫었지만 못 참을 정도는 아니었다. 아버지는 친구들이랑 있으면 어딘지 모르게 즐거워 보였고, 아저씨들은 실없는 농담도 잘하고 좀 웃겼다. 그들은 술만 마시면 눈치가 없어졌다. 술상은 안방에 차려졌는데 계속 마시면 어린 나는 어디서 자란 말인가. 엄마는 대체 언제까지 깨어 안주를 대령해야 하냔 말인가. 나는 당찬 어린애였기 때문에 골방에 비몽사몽 누워 있다가 안방 문을 확 열어 소리를 지른 적도 있다. "시끄러워서 못 자겠어요!" 졸리고 어린 여자아이에게 화를 내는 사람은 없었다. 아버지는 무안해하고 아버지의 시 친구들은 집에 돌아갔다. 사실 그런 것들은 다 괜찮은 일들이었다.

어려서 가장 참을 수 없는 것은 반드시 참아야만 하는 것이었다. 그때 나를 제일 힘들게 한 것은 엄마가 죽을지도 모른다는 두려움이었다. 우리 엄마는 유독 자주 아팠고, 병원에 간다고 집을 종종 비웠다. 무슨 병인지는 알고 싶지도 않고 중요하지도 않았다. 엄마가 아프고 집에 없다는 것만 중요했다. 우리는 절대 헤어질 수 없는 사이인데 헤어져야만 한다니. 할머니가 안아 주는 것은 아무 의미도 없었다. 다른 집에 가서 얻어먹는 밥은 내 밥이 아니었다.

병원에 가서 수술을 받기 전에도, 그 후에도 엄마는 집에 누워 있는 시간이 많았다. 엄마는 숨만 쉴 뿐 누워서 꼼짝을 하지 못했다. 팔다리는 멀쩡한데, 피도 나지 않고 기침도 하지 않는데 아프다고 했다. 잘 때는 숨소리 대신 주기적으로 '끄응 끄응' 소리를 냈다. 초침처럼 규칙적인 그 소리를, 나는 흉내 내며 잠들었다. 엄마가 대자로 뻗어 있으면 겨드랑이 밑에 몸을 웅크리고 누워 엄마 냄새를 맡

　　　　　　　　　　　　　나만 아는 풀꽃 향기

왔다. 시큼한 살냄새를 다시는 못 맡을까 봐 많이 맡아 두려고 숨을 깊이 빨아들이곤 했다.

엄마는 생기가 없는 사람이었다. 어느 때에는 너무 오래 아프고 고통스러워서 엄마가 차라리 죽고 싶어 한다는 생각도 들었다. 엄마와 시간을 가장 많이 보내는 건 집의 막내인 나였다. 그래서 소름이 돋듯 느낌으로 알아챘다. 엄마 안에 있는 불이 꺼져 가는구나. 나는 정말이지 생명과 죽음 같은 것, 사람이 죽으면 어떻게 될까 이런 생각을 일찍부터 하고 싶지 않았다. 어려서 그런 것을 배우고 싶지 않았다. 하지만 엄마를 사랑하니까 무서워도 생각했다. 그럼 막 눈물이 났다.

한번은 아버지를 따라 엄마가 누워 있는 병원에 찾아간 적이 있다. 아버지는 가는 내내 날카로웠고 신경질적이었다. 조마조마 아버지를 견딘 건 조금만 참으면 엄마를 만날 수 있다는 희망 때문이었다. 엄마는 하얀 환자복을 입고 있었는데 평소보다 더 기운이 없었고 평소처럼 다정했다. 침대가 신기하고 엄마가 좋아서 병실에 계속 있고 싶었다. 좁은 병상 위에 나도 같이 자고 싶었는데, 아버지가 나를 데리고 나왔다. 오는 길에 아버지는 조금 더 친절했지만 미웠다. 엄마가 병원에 있으면 병원이 내 집이었다. 거기가 내가 있어야 할 곳이었다. 아픈 엄마가 불쌍하고 아픈 엄마를 둔 나는 더 불쌍해서 많이 울었다. 그렇지만 엄마가 "우리 민애, 잘할 수 있지?"라고 물으면 언제나 괜찮다고 씩씩하게 대답했다. 엄마 앞에서는 울지도 않았다. 나는 용감한 아이가 아니라 엄마를 위해 용감한 척하는 아이였다.

나는 아이가 용감할 필요는 없다고 생각한다. 아이는 그냥 아이면 된다. 지금 엄마가 된 나는 수술받아야 할 곳이 두 곳 있는데 미룰 수 있을 때까지 미루고 있다. 중병이 아니면 그냥 안고 살아도 괜찮을 것 같다. 회식이 있어도, 술에 아무리 취해도 집에 와서 아이는 내가 끼고 재우는 고집을 피운다. 참을 수 없는 것을 참아야 한다는 사실을 결국 내 아이들도 배우겠지만 늦추고 싶다. 그걸 엄마의 병으로 가르치고 싶지는 않다. 우리 엄마의 병과 부재는 나한테는 고난이었지만 내 아이들을 위해서는 좋은 일이었다고나 할까.

나만 아는 풀꽃 향기

2장

언제나 사랑은 서툴다

월요일마다 상 받는 아이

민애야. 네가 초등학교에 들어간 것은 1986년. 오빠가 이미 다니고 있는 학교였고 아빠가 6년이나 근무하던 공주교육대학교 부설초등학교였지. 그래도 너희 오빠는 아빠가 그 학교에 선생님으로 근무할 때 1학년에 입학했는데 너는 아빠가 그 학교를 떠나고 나서 1년 뒤에 입학하게 되었지. 그래서 너는 그것을 가끔 불평스럽게 말하곤 했어.

그 대신 아빠는 자주 너를 새로 옮겨 간 학교에 데리고 다니곤 했어. 가령 일요일 같은 때 아빠가 학교에서 일직 교사로 근무할 때 말이야. 아침 일찍 시내버스를 타고 멀리 공주 시내 밖에 있는 학교로 가서 함께 도시락밥도 나누어 먹고 아빠가 학교 일을 할 때는 너 혼자서 빈 운동장의 그네를 타면서 놀기도 했지. 그런 일은 나중 네가 초등학교 5, 6학년 때까지 계속되었지. 그렇게 너는 아빠를 따라서 어디든 가기를 좋아했어.

그러나 일단 네가 초등학교에 들어가면서 너는 집 안에서 지내는 시간보다 학교에서 지내는 시간이 많아졌고 엄마나 아빠, 오빠 같은 정해진 가족들과 지내는 시간보다 또래 친구들이나 선생님들이랑 지내는 시간이 많아졌지. 실상 조그만 아기였던 아이가 조금씩 자라 걸음마를 시작하고 끝내 달리기까지 할 수 있게 되어 학교에 들어간다는 것은 세상 안으로 들어간다는 것이고 조금씩 제가 태어나고 자라 온 가정의 울타리를 떠난다는 것을 의미해.

그래서 옛날 어른들은 '품 안의 자식'이란 말씀을 했어. 내 품 안에 있을 때가 진짜로 내 자식이라는 말이야. 그걸 또 '무릎 아래 자식', 한자 말로 '슬하자식膝下子息'이라고도 했어. 정말로 10살 무렵까지만 부모의 자식이고 그다음은 세상의 자식이 되는 것이지. 인생이란 태어나고 자란 다음 부모를 떠나서 끝없이 세상 속으로 멀어지는 과정이 아닌가 싶어.

가령 개울가에서 종이배를 만들어 개울물에 띄운다고 생각해 봐. 처음에는 내 앞에 있던 종이배가 물을 따라 점점 아래로 흘러가 점점 더 큰 물이 흘러 나중에는 강물에

　　　　　　　　　　　　나만 아는 풀꽃 향기

이르고 끝내는 바다에 이르는 것과 같지. 네가 아침마다 가방을 등에 메고 찰랑찰랑 머리칼을 흔들며 경쾌한 걸음으로 학교에 갔다는 것은 그만큼 조금씩 엄마와 아빠가 모르는 세상으로 떠나갔다는 것을 의미해.

초등학교 6년. 중학교 3년. 그리고 고등학교 3년. 그렇게 12년 동안 길고 긴 날들을 공주에서 애벌레로 살다가 어느 날 너는 불쑥 어른벌레가 되어 엄마 아빠의 눈과 손과 발길이 전혀 닿지 않는 세상으로 떠나가 버렸어. 그게 바로 네가 서울로 대학생이 되어 떠난 일이지. 그런 뒤로 너는 너의 세상을 살아간 거야.

학교에 다니기 시작하면서 오로지 엄마와 아빠는 네가 들려주는 얘기를 통해서만 너의 세상을 이해하고 알게 됐지. 그러니까 직접적이던 너와의 삶이 간접적인 삶으로 바뀐 것이야. 그건 섭섭한 일이기도 하지만 어쩔 수 없는 일이고 자연스럽게 받아들여야만 했던 일이겠지.

학교에 들어가면서 너는 모든 일을 스스로 알아서 하는 아이가 되었다. 아니야. 더 많이 준비하고 생각하고 스스로를 돌아보는 아이가 되었다. 무엇 하나 부모가 신경 쓸 일이 없었고 부모에게 불안한 마음을 주는 일이 전혀 없었다. 엄마 말대로 '싱킬 것이 없는 아이'였다.

아빠도 초등학교 선생이잖니. 아주 오랜 세월 아이들만을 보면서 살아왔기 때문에 대번에 알아. 너는 냉정한 입장으로 보아도 참 똑똑하고 영리하고 사려 깊은 아이였어. 특별한 아이였지. 보는 대로 하고 들은 대로 하고 생각한 대로 하는 아이였다.

그게 아마 5학년 가을 운동회 날이었지 싶다. 아빠가 충남교육연수원 장학사로 발령받아서 일할 때일 거야. 네가 운동회를 한다고 해서 오후 시간 틈을 내어 너의 학교 운동회를 구경 간 적이 있었지. 마침 사물놀이 시간이었다. 먼저 사물놀이를 잘하는 아이들이 한차례 운동장에 나가 연주를 한 다음 선생님이 다른 애들도 나와서 악기를 연주해 보라고 했어. 그때 네가 선뜻 나서서 장구를 치지 않겠니!

아빠는 깜짝 놀랐었다. 그렇지 않아도 멀찍이 네가 하는 모습을 지켜보고 있던 참이었다. 네가 한동안 다른 아이들 사물놀이 하는 걸 바라보더구나. 그러더니 제 차례가 오니까 선뜻 장구를 어깨에 메고 장구를 치는데 아주 잘 치는 거야. 아빠가 놀랄 수밖에. 그래서 아빠가 너더러 영리한 아이라고 말하는 거야.

또 한차례 그런 일이 있었다. 아마도 너는 잊었을지 모르지만 5학년 겨울방학 때 아빠가 근무하는 충남교육연수원에 네가 따라와서 밥도 먹고 공부도 하고 한 일이 며칠 있었단다. 그러던 어느 날의 일이야. 아빠가 일하는 옆방에서 초등학교 선생님들이 피리 연주 연습을 하고 있었어. 강사의 도움으로 피리 연주 연습을 하는데 네가 그걸 그대로 따라서 하는 거야. 옆방에서 흘러나오는 소리만 듣고서 말이야. 그러니 또 아빠가 놀라지 않을 수 없었단다.

그런데 너는 네가 다니는 학교에 엄마가 찾아오는 일만은 반대했어. 싫어했다고 말하는 표현이 더 나을 거야. 꼭 필요할 때는 제한적이긴 하지만 아빠가 엄마를 대신해서

1992년, 공주교대 부설초등학교 졸업식. 졸업생 대표로 인사.

학교에 가곤 했지. 아마도 엄마가 다른 엄마들보다 몸매도 예쁘지 않고 뚱뚱하고 좋은 옷도 입지 못하는 가난한 엄마라서 그럴 거라는 짐작만 했어.

그러나 실은 언제나 너는 엄마를 생각하면서 공부했다고 해. 어린 너로서 그건 중요한 하나의 각오였을 거야. 우리 엄마는 맨날 아프다. 우울하게 집 안에서만 지내고 있다. 친구도 없고 좋은 옷도 없다. 아빠는 선생이고 집안은 가난하다. 그래서 엄마는 기쁜 일이 없다. 그런 엄마를 기쁘게 하는 것은 오직 공부를 열심히 하는 길밖에 없다. 그런 생각이 너에게 있었을 거야.

그래서, 그래서 말야. 너는 초등학교 다니는 내내 조회를 하는 월요일마다 교장 선생님 앞으로 불려 나가 상을 받는 아이가 되었어. 처음 한두 번은 그러려니 했지만 자주 상을 받다 보니 다른 아이들이나 선생님들에게 저 애는 조회할 때마다 상을 받는 아이로 알려지게 되었지. 졸업식장에선 세 학급 가운데서도 가장 좋은 성적을 받아 교육대학교 총장상을 받으면서 졸업생을 대표하여 답사를 읽는 아이가 되었지. 부모로서는 그럴 수 없이 기쁘고 감사한 일이었단다.

나만 아는 풀꽃 향기

행복

1

딸아이의 머리를 빗겨 주는

뚱뚱한 아내를 바라볼 때

잠시 나는 행복하다

저의 엄마에게 긴 머리를 통째로 맡긴 채

반쯤 입을 벌리고

반쯤은 눈을 감고

꿈꾸는 듯 귀여운 작은 숙녀

딸아이를 바라볼 때

나는 잠시 더 행복하다.

2

학교 가는 딸아이

배웅하러 손잡고 골목길 가는

아내의 뒤를 따라가면서

꼭 식모 아줌마가

주인댁 아가씨 모시고 가는 것 같애

놀려 주면서

나는 조금 행복해진다

딸아이 손을 바꿔 잡고 가는 나를

아내가 뒤따라 오면서

꼭 머슴 아저씨가

주인댁 아가씨 모시고 가는 것 같애

놀림을 당하면서

나는 조금 더 행복해진다.

/

예쁨받은 기억이
예쁘지 않은 나를 돕는다

우리 아버지는 예쁜 것을 좋아한다. '무척' 좋아하는 게 아니라 '너무' 좋아한다. 예쁜 것들은 대개 연약하거나 비싸다. 그저 순간에만 머물거나 쉽게 달아나기도 한다. 쉽게 말해서 '예쁨'이란 가난한 시골 선생님이 가질 만한 취향은 아니었다는 말이다. 그런데도 아버지는 예쁜 것만 보면 눈이 하트가 되고, 좀 큼지막한 입이 더 크게 웃는 입이 되곤 했다. "오오, 민애야, 이것 좀 봐라." 감탄은 금세 찬미로 이어졌다. 내가 보기엔 별것 아닌데도 아버지는 이게 왜 예쁜지 확신을 갖고 설명했다. "세상에나, 멋지지 않니!" 정작 아버지의 감탄사와 설명이 더 거창했다. 지금도 그렇지만 예전에는 더 했다. 곁방에는 비가 새고, 안방에는 연탄가스가 새는데도 아버지는 귀하고 예쁜 것들을 안고 집에 오곤 했다. 아버지의 품에는 실크로 만든 인형, 에나멜 구두, 벨벳으로 된 원피스, 작은 도자기 등등이 들려 있었다.

그런데 이 모든 예쁜 것들 중에서 가장 예쁜 것은 따로 있었다. 너무 예뻐서 그대로 시간이 멈추길 바랐던 것. 그래서 아버지가 제일 많이, 즐겁게 사진을 찍어 남겼던 것. 남 보기에도 분명 예쁠 것이고 아버지 보기엔 더 예뻐서 아버지를 뿌듯하게 만들었던 것. 아버지의 세상에서 영원히, 가장 예쁠 것. 놀랍게도 그건 바로 나였다.

사실 나는 그다지 예쁘지는 않은데, 아버지는 어려서부터 너는 엄청나게 예쁘다고 진지하고 단호하게 강조하셨다. 하늘은 둥글고, 땅은 평평하며, 민애는 예쁘다. 오늘 날씨는 맑고, 바람이 불며, 민애는 예쁘다. 이런 식이었다. 나를 위해 꾸며 낸 말이 아니었다. '우리 민애는 세상에서 제일 예쁘다'고 아버지는 모세가 십계명을 믿듯 믿었다. 내 이야기를 할 때 우리 엄마 아빠는 손발이 척척 맞았고 좀 푼수 같았다. 어린 나는 잠결에 엄마 아빠가 소곤소곤 이야기 나누는 걸 듣곤 했다. "우리 애기 오늘도 예뻤지?"

"그럼, 말해 뭣해. 오늘은 어제보다 더 예쁘지. 앞집 사는 할머니가 이쁘다고 몇 번이나 그랬어." "그래? 그 할머니 똑똑한 사람이네. 우리 민애가 이쁜 것도 알고." 이런 식이었다.

내가 잠에서 깨어 있을 때에는 한술 더 떴다. 엄마 아빠는 진지하게 우리 민애 귀밑머리가 특히 이쁘고, 이마는 눈이 부시고, 눈썹은 팔자 눈썹이지만 그래도 너무 이쁘지 않으냐고 토론하곤 했다. 그래서 나는 내가 귀밑머리가 있는 줄 알게 되었고, 내 이마를 좋아하게 되었으며, 아버지 닮은 팔자 눈썹이 제일 멋지다고 생각하게 되었다. 그렇게 내가 세상에서 제일 예쁜 사람이라고 믿어 버렸다.

물론 초등학교 가자마자 아니라는 사실을 알아 버렸고 아버지에게 가서 따졌다. 왜 거짓말했느냐고. 세모눈을 하고 노려보니까 아버지는 내게 화를 내셨다. 그게 무슨 소리냐고. 지금 생각하면 웃긴 촌극 같지만 진짜로 아버지는 진지했다.

"아버지, 내가 바야바야, 짐승이야? 왜 이렇게 팔에 털이 많아. 왜 이렇게 낳았어."

그러면 아버지는 팔짱을 끼고 한심하다는 듯이 나를 바라보곤 했다.

"이 바보야, 털이 많아야 진짜 미인인 거야. 털이 이렇게 숨풍숨풍 많고 머리숱도 이렇게 많아야지. 너는 아무것도 몰라서 참 큰일이다."

"아버지, 왜 우리 집 여자들은 다리가 이렇게 굵어. 고모들도 그렇고 아버지도 그렇고 왜 다리에 알이 하나씩 달렸어. 이게 뭐야. 치마를 못 입겠어."

교복을 입다가 짜증을 내면 아버지는 답답하다는 듯이 반박하곤 했다.

"여보, 이리 좀 와 봐. 나는 민애 다리가 얇아서 걱정인데 지금 얘가 한심한 소리 하고 앉았네. 야, 민애야. 다리가 굵어야 달리기를 잘하고 건강하지. 건강해야 예쁜 거야. 이렇게 굵은 다리가 세상에서 제일 이쁜 거야. 남들은 갖고 싶어도 못 가져. 아버지 다리랑 똑같으니 예쁘기만 하네."

도통 말이 통하지 않았다. 엄마도 예쁘다, 예쁘다 하며 나를 키웠는데 아버지는 논리정연하게 네가 어떻게 얼마

　　　　　　　　　　　　나만 아는 풀꽃 향기

나 예쁜지 설명해 주곤 했다. 집에 우리 식구만 있을 때에는 '쳇, 또 시작이네'와 '정말 나는 이쁜가?' 사이에서 기분이 좋기도 했다. 그런데 남들 앞에서 '우리 민애가 좀 이쁜가요. 아주 걱정이네, 걱정이야' 이러면 얼굴이 확 붉어졌다. 나는 자기 객관화가 잘되는 인간이었는데 아버지는 영 그러지 못했다.

아버지는 시인이라는데 미적 기준이 엉망인가 걱정도 되었다. 우리 아버지는 딸 바보 지수가 좀 지나쳤다. '세상에 딸 바보가 몇 있는데, 피천득 선생님이 그렇게 딸 바보였다. 멋진 사람들은 딸 바보가 많다. 나는 그보다 못한다' 이런 걸 나한테 설명해 주곤 했다. 나는 피천득 선생님을 위대한 '인연설'의 작가가 아니라 팔불출 딸 바보로 먼저 알았다.

아무튼 아버지는 예쁨의 기준이 나였다. 이건 민애만큼 이쁘고, 이건 민애처럼 이쁘고, 이건 민애보다 못하지만 이쁘다는 식이었다. 그래서 지나가다 진열대에 있는 인형이 나를 닮은 것 같으면, 내가 보기에는 하나도 안 닮았지만 볼이라든가 이마라든가 머리카락이라든가 한 군데라도 닮은 것 같으면, 그 인형을 사 오셨다. 엄마는 엉뚱한 데 돈을 썼냐고 핀잔을 주면서도 "어, 그러고 보니 민애를 닮긴 했네." 이런 식으로 넘어가 주었다.

아버지는 엄마 빼고 나만 데리고는 신작 영화를 보여 주거나 자장면을 사 주기도 했다. 엄마는 서운해하기는커녕 '맨날 둘이 데이트하고 니 아빠는 너밖에 모른다'고 흐뭇해했다. 엄마는 아빠를 민애 머슴이라고 부르면서 행복해했고, 아빠는 엄마를 민애 시녀라고 부르면서 껄껄댔다. 나는 그 사이에서 고개를 절레절레 흔들곤 했다.

언젠가 한번은 박스에 있는 금발의 백인 모델이 나를 닮았다는 이유로 내 메리야스를 사 오셨다. 그때 나는 중학생이어서 사춘기였는데 아버지가 딸 메리야스를 사 온다는 게 마뜩찮았다. 게다가 그 메리야스는 사이즈도 작고 천보다 레이스가 더 많아서 도대체가 입을 수도 없었다. 부글부글 속이 끓는데 아버지는 이 여자가 민애를 닮지 않았느냐고 너무 크게 말해서 몹시 화가 났다. 한두 번 삶으면 찢어질 만큼 얇은 메리야스를 나는 14살에 받았다. 그걸 마흔 넷이 된 지금도 옷장 깊숙이 가지고 있다는 걸 아

나만 아는 풀꽃 향기

버지는 모를 거다. 그 사이에 한 이사 횟수만 해도 열네 번 이상은 됐을 거다. 어려서 화는 냈지만 나는 아버지에게 세상 모든 예쁨이 딸이라는 블랙홀로 귀결된다는 걸 잘 알았다. 그리고 그 사실이 속으로는 매우 매우 뿌듯했다.

'힘들어서 죽고 싶어' 이런 생각이 나를 점령할 때 아버지가 떠올랐다. 내가 죽으면 아버지의 세상에서 대체 불가능한 절대적 예쁨이 사라지는데, 그럼 아버지의 가슴에는 구멍이 뻥 뚫릴 텐데. 나는 나 혼자의 삶이 아니라 생명의 도미노였다. 내가 죽으면 아버지가 죽고, 내가 불행하면 아버지가 불행하고, 내가 나를 예뻐하지 않으면 아버지의 예쁨마저 부정당하는 거였다. 그래서 가능하면 길게, 아버지의 말을 믿어 보자고 툭툭 털고 일어나기도 했다.

사회에서 아무도 나를 알아주지 않을 때, 허름한 옷에 가난한 표정으로 백화점에 들어가 무시당하는 것처럼 세상에게 무시당할 때에도 아버지가 생각이 났다. 아버지는 항상 미더운 사람은 아니었지만 나보다 오래 살았으니까, 똑똑한 사람이니까 아버지의 식견을 믿어 볼까. 아니, 나는 아버지의 예쁘다는 말을 간절하게 믿고 싶었다. 우리 아버지는 세상에서 내가 제일 예쁘다고 했으니까 적어도 나는 함부로 무시당해 마땅한 인간은 아니었다. 천 원짜리 김밥을 먹으면서 생활비를 아끼고, 알바비를 떼어서 울 때에도 아버지와 엄마의 만담 같은 이야기를 생각했다. 민애는 예쁘지? 그럼, 너무너무 예쁘지. 세상에서 제일 예쁘지. 파도처럼 슬픔이 밀려들다가도 예전에 들었던 그 말이 들리면 슬픔의 파도가 귀를 쫑긋하곤 했다.

거미줄 같은 지하철 역사 안에서 내가 거미줄에 걸린 파리처럼 느껴질 때, 거기 벤치에 앉아 울 때에 나는 혼자가 아니었다. 서울이 나를 괄시할 때에도 나는 아버지의 진지한 얼굴을 떠올리면서 피식 웃을 수 있었다. 아버지, 세상에서 제일 예쁜 내가 여기 앉아 있네. 여기서 조금만 울다가 집에 갈게요.

사실 나는 예쁘지 않다. 아버지가 들으면 경칠 소리지만 뭐, 너무 잘 알고 있다. 그런데 나는 내가 예쁜가 안 예쁜가가 전혀 중요하지 않다. 내가 귀찮을 정도로 아주 많이 예쁨받았다는 게, 세상에서 제일 소중한 사람이었다는 게 중요하다. 아버지는 어린 내가 빛도 아닌데 마치 눈이 부신 것처럼 나를 바라봤다. 그러니까 나는 쉽게 꺼질 수 없는 존재다. 나는 아버지가 살아 있는 한 빛이니까. 아버지가 돌아가셔도, 나는 어떤 한 사람에게는 무려 빛이었으니까.

오르골

그러니까 그것이 네가 초등학교 5학년 다니던 겨울이었
지 싶다. 아빠는 젊어서부터 초등학교 교사로 살기도 했지
만 글 쓰는 사람으로도 살고 싶었기에 다른 사람들처럼
삶이 단순하지 않았어. 만나는 사람도 학교 교직원만 한정
되지 않고 사회 일반인들과도 자주 만나곤 했지.

　아마 그날도 직장에서 퇴근하면서 무슨 모임인가가 있
어서 시내의 한 음식점에서 저녁 식사를 마치고 나오던
참이었을 거야. 밖에 나와 보니 깜깜하게 어두운데 눈이
내리고 있는 거야. 조금 내리는 눈이 아니라 함박눈으로
펑펑 내리는 눈이었어. 식당 안으로 들어갈 때만 해도 눈
이 내리지 않았는데 그사이에 눈이 내렸던 모양이야.

　눈은 신비감을 준다. 그것도 갑자기 내린 눈이기에 더욱

　　　　　　　　　　　나만 아는 풀꽃 향기

놀랍고 신비한 느낌을 준다. 마치 동화 속 나라에라도 들어온 것 같고 꿈속을 걷는 것 같은 환상을 준다. 사람들과 헤어져 좀 더 큰 골목길로 나왔을 때였을 거야. 왜 있잖니. 옛 공주박물관 사거리에서 공주우체국과 공주문화원으로 가는 골목길 말이야.

옛날엔 어른들이 잘 다니는 난초다방이란 다방이 있었고 지금은 팬시점이 있는 그 거리 말이야. 길 가운데 리어카가 한 대 놓여 있었어. 그 길은 자동차도 가끔은 다니는 길이었기에 길 가운데 리어카가 놓여 있다는 것부터가 특별했지. 리어카 위에 흐릿한 조명등이 켜져 있고 그 아래 여러 가지 장난감과 선물이 놓여 있었어.

그러고 보니 그것이 크리스마스 전후 어느 날이었지 않았나 싶어. 아빠는 나이 먹은 사람이긴 해도 호기심이 많은 사람이잖니. 그런 풍경을 그냥 지나칠 리 없지. 리어카 주인에게 물었지. "저 오르골 얼마인가요?" "네, 5천 원인데요." "한번 틀어 보실래요." 남자 주인은 능숙한 솜씨로 오르골 바닥에 있는 태엽을 감아 오르골 소리를 만들어 냈지.

오르골에서 나오는 소리는 〈오 수산나〉란 미국 민요였어. 우쿨렐레나 벤조 같은 악기로 연주하는 경쾌한 소리.

대번에 네 생각이 떠올랐지. 저걸 사다가 우리 딸 민애에게 선물해야겠다. 어려서는 감나무 아래 평상에서 소꿉장난하면서 놀다가 인형 놀이를 하다가 학교에 다니면서는 순정 만화를 아주 열심히 읽던 너였지. 더러는 만화의 주인공 얼굴을 공책에 그리는 것을 보기도 했지.

번번이 말하지만 가난한 아빠로서 5천 원은 제법 큰 돈이었다. 가끔은 상가에 가서 조의금으로 5천 원 한 장을 내기도 했으니까 말이야. 분명 너희 엄마는 그런 장난감 하나를 5천 원이나 주고 샀다고 하면 화를 내기도 했을 거야. 아빠는 조금은 의기양양한 마음이 되어 집에 돌아와 너에게 그 오르골을 주었지.

"이거 아빠의 선물이야." "그래? 아빠 고마워." 가볍게 오르골을 받아 너는 몇 차례 오르골 태엽을 감아 음악을 만들어 냈지. 미국의 민요 작곡가인 포스터란 사람이 작곡했다는 노래. 경쾌하지만 속으로 슬픔 같은 것이 고요한 시냇물처럼 흘러가는 노래.

'멀고 먼 앨라배마 나의 고향은 그곳/벤조를 메고 나는 너를 찾아왔노라/떠나온 고향 하늘가에 구름은 일어/비끼는 저녁 햇살 그윽하게 비치네/오 수산나여 노래 부르자/멀고 먼 앨라배마 나의 고향은 그곳'

나만 아는 풀꽃 향기

그러나 오르골에 대한 너의 흥미는 거기까지였다. 그 뒤로 아무리 들어도 너의 방에서는 오르골 소리가 들리지 않았어. 얼마 뒤 시간이 지난 뒤에 보니까 너의 방 책장 위에 그 오르골이 우두커니 놓여 있는 거야. 애당초 오르골에 대한 관심이나 애착은 나의 것이었지 너의 것은 아니었던 것이지. 그러니까 눈 내리던 그날 밤 행상 주인에게서 산 오르골은 너의 장난감이 아니라 아빠의 장난감이었던 셈이지.

지금 그 오르골은 풀꽃문학관 책장 안에 다른 오르골들과 함께 보관되어 있단다. 가끔 책장을 정리하다가 네 생각이 나면 아빠는 그 오르골을 울려 보곤 한단다. 이제는 세월이 많이 흘러 싸구려 접착제로 붙인 오르골 여기저기가 망가져 덜컥거리지만 그래도 너의 초등학교 5학년 시절의 소중한 추억이 거기 있기에 아직도 버리지 못하고 있단다. '멀고 먼 앨라배마 나의 고향은 그곳' 나중에 아빠가 세상에서 사라진 뒤에 아빠가 생각나거든 책장 문을 열고 오르골을 꺼내어 〈오 수산나〉 그 음악을 들어 보기도 하렴.

아파트 이사

우리가 감나무 안집에서 살다가 아파트로 이사 온 것은 1991년 8월. 그러니까 우리 식구 네 사람은 감나무 안집에서 11년 반 동안을 산 것이란다. 네가 세상에 나와서 서너 달 만에 그 집으로 이사 왔으니까 너는 완전히 그 집에서 어린이 시절을 고스란히 보낸 것이나 마찬가지란다.

1979년 10월, 감나무 안집을 살 때 들어간 돈은 4백만 원. 쌀 200가마니 값. 살면서 두 번이나 대대적으로 수리를 했지만 여전히 낡고 누추한 집인 건 어쩔 수 없었지. 집 안이 비좁고 습기 차고 퀴퀴하게 냄새가 날뿐더러 여름에는 유난히 덥고 겨울에는 또 유난히 춥던 집이었지.

무엇보다도 화장실이 문제였다. 옥외 화장실이고 푸세식이었는데 유독 네가 그것을 못 견뎌 했어. 냄새가 지독

하게 나고 또 벌레가 살고 그랬었거든. 아예 화장실 가는 걸 꺼려 했어. 어느 날 엄마를 따라 집 근처에 새로 지어진 아파트 구경을 다녀온 뒤로는 더욱 그 화장실을 싫어했어.

너의 소원은 수세식 화장실이 있는 집에서 사는 것. 그리고 새하얀 나무로 된 신발장과 침대. 그런 것들이 모두 아파트에 있었거든. 그런데 우리에게도 아파트로 이사 갈 기회가 생겼지. 제민천 개울 건너에 생긴 대일아파트 1동과 2동에 이어서 우리 마을 쪽에도 아파트가 생긴다는 거야.

본래 지금 우리가 사는 대일아파트 3동이 있던 자리는 그냥 밭이고 논이었던 자리야. 감나무 안집에 살 때 6월마다 듣던 그 자욱한 개구리 울음소리도 거기서 들려오는 소리였고 너희 남매가 아주 어려서 썰매를 타고 놀던 얼음판도 바로 그 자리였으니까. 가끔 엄마가 개울가로 빨래하러 갈 때 네가 따라간 길도 그 논 귀퉁이에 있던 길이었지.

하나의 애착, 옛날 생각에서 그랬을 거야. 엄마와 아빠는 처음에 우리 마을에 아파트가 생기는 걸 마땅찮게 여기고 건립 반대 운동을 벌이기도 했지. 며칠을 두고 땅바닥에 쇠 말뚝 박는 소리가 온 동네에 진동했거든. 그러다가 그만 아파트로 이사를 오게 된 거야. 아빠가 충남교육연수원 장학사로 발령을 받은 다음 해이고 또 엄마가 네 번째 대수술을 받은 해였지.

이때도 엄마 고생이 아주 심했어. 책을 나르는 건 너희 오빠와 내가 틈틈이 했지만 다른 살림 도구 짐 싸는 일은 너희 엄마가 아픈 몸을 이끌고 도맡아 했거든. 그래서 참 지금도 미안해. 갑상선 수술을 받느라 성대를 건드려 목소리도 안 나오는 그 몸으로 짐을 싸고 옮기고 그랬거든.

그런데 더 문제가 된 것은 돈이었어. 아파트 입주비는 총 4천 8백만 원. 감나무 안집을 좋은 주인 만나서 판 돈이 3천 2백만 원. 모자라는 돈이 1천 6백만 원인데 천만 원은 은행 융자를 받고 그래도 모자란 돈이 6백만 원이 되는 거야. 아빠 월급이 80만 원이었다고 엄마가 기억해. 게다가 융자 분할납부와 아파트 관리비가 매월 30만 원.

어느 날 우리 가족은 새로 이사 온 아파트 거실에 모여 앉아 가족회의를 했지. 만약에 6백만 원 부족한 돈이 해결 안 되고 은행 융자 납부비와 관리비가 감당이 안 된다면 아파트에서 나가야 할지도 모른다고. 참으로 못난 아빠였던 것 같다. 40대 중반인 나이 되도록 그만한 현실적인 능력이 없는 아빠였으니까.

하지만 엄마의 노력과 너희들의 협조가 있어서 우리 가족은 한번 들어온 아파트에서 나가지 않고 계속해서 머물

나만 아는 풀꽃 향기

러 살 수 있게 되었지. 그것이 올해로 33년째야. 비록 아파트값은 오르지 않아 아주 헐한 값이지만 우리에게는 더없이 감사하고 고맙고 아늑한 인생의 보금자리 같은 집이야.

무엇보다도 네가 수세식 화장실이 있는 집에서 살게 된 일이 다행이었어. 그리고 하얀 나무 신발장에 신을 넣을 수 있어서 좋았고 나아가 네가 초등학교를 졸업하면서 탄 우체국 저축금으로 하얀색 침대를 하나 살 수 있어서 좋았어. 그러니까 네가 소원한 일들이 모두 이루어진 셈이지. 그 방에서 너는 6년 동안 살다가 서울로 갔고 지금은 너 대신 아빠가 그 방을 쓴단다.

장한 우리 딸

민애야. 이제 너도 자라 어른이 되었고 자식도 낳아 기르는 사람이 되었으니 네가 중고등학교 다닐 때 이야기를 좀 해도 좋지 않을까 싶어. 너는 공주교대 부설초등학교와 여학생들만 다니는 공주북중학교를 거쳐 공주사대 부설고등학교에 들어갔지. 공주사대 부설고등학교는 전국에서 우수한 학생들이 몰리는 학교라 대수가 좀 있었는데 네가 그 학교에 무사히 합격한 거야.

역시 사대부고는 좀 긴장되는 학교였어. 1학년 때부터 아이들이 달리기 경주를 하는 것처럼 공부했거든. 경쟁심이 부족하다든가 심성이 강하지 못한 아이는 견뎌 내지 못할 정도였지. 그러길래 너희 오빠를 남자들만 다니는 학교, 학생 수가 많은 학교인 공주고등학교에 진학시킨 일은 잘한 일이었구나 생각했지.

어쨌든 너는 학교 공부가 주는 스트레스를 그런대로 잘 견뎌 내는 듯싶었어. 역시 아빠가 선생을 오래 하여 두 아이를 적성에 맞게 학교를 잘 선택해서 보냈구나, 속으로 생각하기도 했지. 아직은 학교 급식 제도가 없던 시절이라 너는 아침에 등교하면서 도시락 두 개를 준비해서 학교에 가곤 했다. 없는 살림에 엄마가 네 도시락 반찬 싸 주느라고 마음고생깨나 했을 거야.

자식이 고등학교에 들어가면 부모도 함께 고등학교 학생이 된다는 말이 있다. 함께 노력하고 함께 뛰는 마음으로 사는 3년을 고스란히 보내야 하지. 특히 고등학교 3학년 때는 더욱 그래. 사생결단으로 공부하는 아이 뒤에서 부모 마음인들 오죽 졸이고 힘들겠니. 바로 그 고3 때의 일이야. 3년이 되어 학기 초 어느 날 네가 정색을 하면서 상담할 이야기가 있다고 아빠에게 물어 왔지.

이야기는 그랬어. 그동안 알고 지내던 남학생이 있었는데 그 남학생과 어떻게 했으면 좋겠느냐는 것이 이야기의 요점이었어. 다른 애들도 그렇게 커플로 사귀는 애들이 있다고 했지. 너의 생각으로도 고3이 되어 공부에 열중해야 하는데 사귀던 남자 문제가 마음에 걸렸던가 봐. 아빠는 그때 바로 답을 말하지 않았지. 이미 나한테 상담을 청한 것부터가 네가 문제의식을 느끼고 있다는 걸 짐작한 탓이지.

"민애야, 네 생각은 어떠니? 지금 그 애와 모든 것을 결정하여 네 인생을 끝내고 싶으냐. 아니면 일단 대학에 들어간 다음 더 넓은 세상에서 살면서 더 많은 사람들을 만나보고 나서 인생을 결정하겠니? 그건 네가 알아서 결정할 문제 아니겠니?"

아빠의 의견을 들은 뒤 너는 말했지. "아빠 그럼 사흘만 생각해 볼게요. 그런 뒤에 다시 말할게요." "그래라." 그날의 상담은 그렇게 끝났고, 사흘 뒤 너는 아빠한테로 와서 말했지. "아빠, 아빠 말대로 할게요."

그러고 나서 너의 태도는 아주 많이 달라졌었다. 아무것도 주변을 살피지 않고 오직 공부만을 매진하는 아이로 변했지. 본래 너는 둘레둘레 주변을 살피는 아이는 아니었어. 걸을 때도 똑바로 앞만 보면서 걷는 아이인데 더욱 똑바로 걷는 아이가 되었어. 아니 본래 너는 한번 마음먹은 일은 그대로 실천하는 단단한 마음을 지닌 아이였어. 그런 뒤로 너는 마치 전쟁터에 나가는 병사처럼 용맹하게 자기의 길로 나아갔지. 그런 너를 뒤에서 바라보면서 엄마와 얼마나 가슴이 뿌듯했는지 몰랐단다.

노櫓*

아들이 입대한 뒤로 아내는 새벽마다 남몰래 일어나 비어 있는 아들 방문 앞에 무릎 꿇고 앉아 몸을 앞뒤로 시계추처럼 흔들며 기도를 한다.

하나님 아버지, 어떻게 주신 아들입니까? 그 아들 비록 어둡고 험한 곳에 놓일지라도 머리털 하나라도 상하지 않도록 주님께서 채금겨 주옵소서.

도대체 아내는 하나님한테 미리 빚을 놓아 받을 돈이라도 있다는 것인지, 하나님께서 수금해 주실 일이라도 있다는 것인지 계속해서 채금債金져 달라고만 되풀이 되풀이 기도를 드린다.

딸아이가 고3이 된 뒤로부터는 또 딸아이 방 문 앞에 가서도 여전히 몸을 앞뒤로 흔들며 똑같은 기도를 드린다.

하나님 아버지, 이미 알고 계시지요? 지금 그 딸 너무나 힘든 공부를 하고 있는 중이오니, 하나님께서 그의 앞길에 등불이 되어 밝혀 주시고 그의 모든 것을 채금져 주옵소서.

우리 네 식구 날마다 놓인 강물이 다를지라도, 그 기도 나룻배의 노櫓가 되어 앞으로인 듯 뒤로인 듯, 흔들리며 나아감을 하나님만 빙긋이 웃으며 내려다보고 계심을, 우리는 오늘도 짐짓 알지 못한 채 하루를 산다.

* 물을 헤쳐 배를 나아가게 하는 기구.

야간학습

요즘도 인문계 고등학교에서는 그렇게 하는지 모르겠지만 민애야, 네가 고등학교 다닐 때는 야간 자율학습이란게 대단했었다. 아침 시간에 일찍 등교한 네가 저녁 12시까지 집으로 돌아오지 않고 학교에 매달려 공부를 했거든. 그건 자율이든 타율이든 고3 학생들은 피할 수 없는 통과의례였고, 부모 또한 함께 견뎌야만 하는 고통이었지.

다행히 네가 고등학교에 들어가면서 아빠는 충남교육연수원에서 나와서 일반 초등학교 교감으로 다시 근무할 때여서 조금쯤 생활이 느슨해졌고, 또 너희 오빠는 네가 고3 때 육군에 입대하여 엄마와 아빠가 너한테만 신경 쓸 수 있어서 다행이었지.

그런데 역시 우리 집이 가난하다는 데에 문제가 있었어.

나만 아는 풀꽃 향기

힘들게 공부하는 너를 위해 좋은 반찬, 영양가가 있는 음식을 해 주었어야 하는데 그러지를 못했지. 가정이 넉넉한 사람들은 자가용으로 등하교를 시켜 주는데 너는 꼬박 걷거나 시내버스를 타고 가야만 했지. 엄마는 지금도 그 일이 많이 너한테 미안하고 걸리는 일이라 그래.

가끔은 저녁 식사 시간에 엄마가 음식을 마련해서 학교로 가져가기도 했다는데 다른 집 아이들보다 반찬이 시원찮아 그게 참 안쓰러웠다고 해. 그러나 더 문제는 네 저녁 공부가 늦어져 12시 넘어서 집으로 돌아온다는 것이야. 하는 수 없이 엄마와 아빠가 교대로 너를 데리러 갔었지.

1998년 2월 10일, 공주사대부고 졸업식 날, 교실에서 나오고 있는 민애. 민애는 사진의 뒷장에 이렇게 썼다. 〈나 지금 나가요. 교실, 안녕!〉

지금도 자동차 없이 사는 아빠인데 그때인들 자동차가 있었겠니? 일단은 11시나 12시 반쯤 집에서부터 걸어서 학교를 향해서 출발해. 너의 학교 앞으로 난 거리에 있는 24시 편의점, 그리고 가로수 아래, 너하고 약속한 자리에 서서 네가 나오기를 기다렸지. 공부에 지치고 말이 없는 너를 데리고 지나가는 택시를 불러 타고 집으로 오곤 했지.

그것이 1997년도니까 아주 옛날의 일이야. 택시비 기본요금이 천 원이었는데 12시가 넘으면 할증이 붙어서 천 2백 원이었다고 엄마가 기억해. 엄마는 천 원 한 장을 손에 쥐고 백 원짜리 동전 두 개를 또 쥐고 너를 데리러 갔다고 그래. 가는 길에 가로등이 밝은 지역은 괜찮은데 가로등이 없거나 흐린 지역은 무서운 생각도 들었다고 그래.

집에 돌아와서도 너는 거의 잠을 자지 않고 공부를 했다. 수능시험 날짜가 가까워지자 너는 아예 잠을 자지 않고 공부를 하는 거야. 안방에서 엄마가 자고 아빠는 거실에서 잤는데 자다가 들으면 가끔 네 방에서 쿵! 소리가 나곤 했어. 네가 책상 의자 앞에 앉아서 공부를 하다가 방바닥으로 떨어지는 소리였어.

안방에서는 엄마가 나오고 거실에서는 내가 일어서고, 그래서 너의 방으로 가서 너를 일으켜 세우며 너에게 사정, 사정했지. "민애야, 이렇게까지 밤을 새워 가며 하면 안 돼. 제발 잠을 자면서 하자. 알았지? 엄마 아빠를 생각해서라도 잠을 좀 자자." 참 너는 결심이 무섭고 실행력이 대단한 아이였어. 결국은 그렇게 해서 네가 기어코 바라던 서울대학교에 들어갈 수 있었던 거야. 세상에 무심하게 노력 없이 되는 일이 어디에 있겠니.

꼼빠니아 외투

눈을 감고 오직 앞으로만 나가는 사람처럼 스스로 노력하고 용맹정진한 끝에 민애는 대학수학능력 시험을 무사히 치러 냈을 뿐더러 아주 좋은 점수를 얻었다. 내 기억으로는 전체 문제 가운데 몇 문제 안 틀리고 다 맞은 걸로 안다.

시험장이 공주여중이었을 것이다. 통상 시험장에는 학부모가 안으로 들어가지 못하니까 교문 밖에서 기다렸다가 시험을 끝내고 나오는 민애를 맞아 중국집에 가서 짜장면을 먹었지. 민애 네가 어렸을 때부터 자주 다니던 신흥루라는 중국 음식점. 지금은 없어진 음식점.

늘 우리는 그랬어. 좋은 일이 있거나 특별한 일이 있을 때마다 신흥루나 부흥루 같은 공주 시내 먹자골목에 있는 중국집을 찾아가 짜장면 한 그릇 먹는 걸로 축하와 위로의 의식을 치렀지. 말없이 짜장면만 먹고 있던 민애. 민애 눈치만 살피며 조심스럽게 짜장면만 먹던 엄마와 나.

드디어 수능시험 문제를 방송으로 맞춰 보는 날이 왔지. 민애 네가 아빠와 엄마는 안방에 있고 거실로 나오지 말라고 하면서 혼자서 거실에 있는 티브이를 보면서 수능 문제 정답을 확인했지. 조마조마 기다리던 시간이 지나고 거실에서 환호하는 네 목소리가 들렸지.

"엄마, 엄마, 이제 밖으로 나와 보세요!" 비로소 웃는 얼굴을 보여 주었지. 정말로 네가 수능시험 문제를 거의 다 맞혀 버린 거야. 그동안 의자에서 앉았다 방바닥으로 떨어지면서까지 공부한 보람이 나타난 거야. 그동안 너의 손바닥은 노랗게 변했고 손가락도 노랗게 변한 상태였지. '재수는 없다'라고 한 너의 결심이 이루어진 거야.

수능시험 다음엔 논술시험 준비. 공주에는 마땅한 논술학원이 없어 대전의 논술학원을 알아보던 중 박선옥이란 후배 시인이 논술학원을 운영한다고 해서 그에게 부탁하여 너의 논술 공부를 하게 했지. 공주에서 직행버스를 타고 유성까지 가서 시내버스로 갈아타고 가는 노선이었지.

엄마는 그때 너에게 삐삐를 사서 허리춤에 채워 주었어. 누르면 삐, 삐, 삐 소리 나는 기계 말이야. 핸드폰이 나오기 이전이니까 그게 서로 멀리 떨어진 사람끼리 연락하는 유일한 통신수단이었어. 생각해 보면 꼭 원시시대 이야기를 하는 것 같구나.

교복 차림 그대로 대전으로 논술 공부를 하러 가는 네가 엄마와 나는 많이 애처롭게 보였단다. 대전의 유성 거리는 바람도 드세게 부는데 말이야. 치마를 입고 그 거리를 오가다니. 생각 끝에 아빠는 너에게 외투를 하나 사 주기로 했지. 이것저것 알아본 끝에 결정한 외투가 꼼빠니아 외투.

지금도 사진을 보면 그 모습이 나와. 얇은 브라운 색깔의 외투. 소매 끝에 검정색 토시 모양의 털이 달린 외투.

1998년 11월 28일, 서울대학교 1학년 때 서울에서 민애. 입고 있는 옷이 바로 꼼빠니아 겨울 외투다.

나만 아는 풀꽃 향기

그 외투를 처음 입고 네가 얼마나 예뻤는지 몰라. 수줍은 듯 자랑스럽게 웃는 입매가 얼마나 청초했는지 몰라. 엄마와 나는 '저 애가 우리 딸이다'라고 우리만의 긍지를 품었단다.

　그 옷을 입고 너는 고려대학교와 서울대학교 국문과 시험을 보고 두 군데 학교에 모두 합격했지 뭐냐. 자랑스러운 우리 딸. 자랑스러운 모습. 가난하고 힘든 가정에서 태어나서 자랐지만 좋지 않은 환경을 이기고 우뚝 서서 서울로 간 우리 딸. 너는 엄마와 아빠가 하지 못한 일을 해내고 엄마와 아빠가 살지 못한 세상을 사는 아이란다. 너에게 많이 고마워.

꼼빠니아

꼼빠니아

해마다 날씨 추워지고

겨울이 찾아오면

어김없이 떠오르는 이름 있다

꼼빠니아 꽃 이름 같지만

옷의 이름

딸아이 고등학교 졸업하고

대학생 되었을 때

내가 사 준 겨울 외투의 이름이다

엷은 색 밝은 브라운 톤의 여자 외투

그 옷을 입고

대학 시험도 치르고

대학생 생활도 씩씩하게 해냈다

10년도 더 오래 입다가 낡아진 옷

결혼하고 나서도 한참 동안

보관하고 있었는데

언젠가 버렸다 한다

그래도 옛날 사진 뒤적여 보면

어딘가 그 모습 남아 있겠지

그리워라 보고파라

어려서 대학생일 때

딸아이 모습

꼼빠니아 꼼빠니아

겨울 외투 입고 수줍은 듯

자랑스럽게 웃고 있는

딸아이 모습

꼼빠니아 꼼빠니아

꽃 같은 이름

어리고도 사랑스러운

딸아이 같은 이름.

학과 선택을 앞두고

민애야, 네가 수능시험을 잘 치르고 논술시험 준비를 하면서 진학할 대학교를 결정하고 난 뒤 학과를 정할 때 아빠와 약간의 갈등이 있었지. 처음 너와 너희 엄마가 생각한 학과는 서울대학교 경상계열 학과. 궁핍하고 불편하게 살았으니 그런 학과에 들어가 좋은 직장에 취직하여 돈을 많이 벌어 윤택하게 한번 살아 보자, 그런 뜻에서 그런 것 같았다.

그러나 아빠의 생각은 반대였어. 그게 무슨 소리냐 펄쩍 뛰었지. 너희 오빠가 대학에 진학할 때는 너희 오빠가 선택한 대로 따랐어. 너희 오빠도 수능 성적이 괜찮게 나왔고 내신 등급까지 2등급을 받았기에 처음엔 서울교육대학교에 특차로 보내어 서울 시내 초등학교 교사를 시키려고 했지. 그런데 본인이 탐탁지 않게 여겨 결국 충남대 전자공학과에 진학하게 되었지.

그런데 너한테만은 달랐어. 아빠의 집요한 꿈이 있었거든. 적어도 우리 민애만은 문학을 전공해 주었으면 싶었어. 그것도 국문과. 강력한 아빠의 소망이었지. 실상 이것은 너의 할아버지로부터 시작된 조금은 부담스럽고 조금은 삐딱한 인생의 설계 방식이 아니었나 싶어. 아빠가 평생을 초등학교 교사로 보낸 것이 바로 할아버지의 소원으로 그리 된 것이었거든.

일제강점기에 태어나고 성장한 할아버지는 젊은 시절 초등학교 교사가 되고 싶었으나 끝내 그 꿈을 이루지 못하고 농사꾼으로 일생을 산 분이야. 그 좌절된 꿈을 실현하기 위해 아들 둘을 초등학교 선생으로 키워 내지 않았겠니. 그건 아빠도 그랬어. 그 아버지에 그 아들이었지. 젊은 시절 대학에 들어가고 싶었으나 그러지 못했고 중년에 대학교 교수가 되어 보고 싶었으나 그러지 못한 아빠가 아니냐.

그 소원이 너에게로 향한 거야. 지금에 와서 생각해 보면 아빠가 잘한 일인지 잘못한 일인지 모르겠어. 그냥 너를 경상계열로 가도록 놔주었으면 어땠을까 싶기도 해. 하지만 너는 아빠의 말을 들어주었지. 아빠의 소원이 그렇다면 그렇게 하겠다고. 엄마도 지그시 눈을 감고 아빠의 의견을 따라 주었지. 다 같이 고마운 일이야. 그렇게 해서 서울대와 고려대 국문과 원서를 주문하게 된 거야.

나로서는 펄쩍 뛰어오를 만큼 기뻤단다. 아, 우리 딸이 국문과 대학생이 된다! 국문학을 전공하여 한글로 글을 쓰는 사람이 되면 문학의 동지가 되는 게 아닌가! 그건 참 신나는 일이고 특별한 일이고 그 누구한테도 뻐기면서 자랑하고 싶은 일이었어. 하지만 이것 또한 아빠의 지나친 욕심이 아니었나 반성이 되는 대목이야.

아빠가 그랬지. 글을 쓰는 사람이 되긴 해도 시나 소설을 쓰는 사람이 되지 말고 평론을 하는 사람이 되라고. 시

대학생 시절의 민애.

나만 아는 풀꽃 향기

인이나 소설가가 1차 생산자라면 문학평론가는 2차 생산자야. 문학 작품을 가지고 다시 한번 글을 쓰는 사람이니까. 아빠가 너에게 시인이 되지 말라는 데는 까닭이 있어. 너와 나는 기질이 너무나도 비슷해. 세대 차가 있고 인간 개체만 다를 뿐 너무나도 비슷한 점이 많아. 무엇보다 감성이 비슷해. 그것을 걱정했던 거야.

시라는 건 개인적인 감정과 기질과 경험과 가정적 분위기나 내력에서 결판이 나는 건데 그게 너무나도 닮았다는 건 좋은 조건이 아니야. 실패하기 딱 좋은 조건이지. 그리고 시라는 문학 작품은 아픔과 상처에서 피어나는 꽃과 같은 것이야. 또 무식한 자에게 주시는 하나님의 선물 같은 것이기도 하지. 그런 걸 알면서도 딸에게 시를 쓰는 사람이 되라는 건 무지의 소산이거나 맹목이라고 생각해.

그럼에도 자기 딸에게 시를 쓰는 사람이 되라고 말하는 아버지가 있다면 그건 그가 제대로 된 시인이 아니어서 한 번도 아픔과 상처로 시를 써 보지 못한 사람이거나 딸에게 불행하게 살라고 권하는 어리석은 사람일 거야. 이것은 정말 분명해. 아빠는 참 가난하게 살면서 구슬프고도 아프게 삶의 강물을 건너며 산 사람이었기에 이나마 시인일 수 있었단다.

그래, 답은 더욱 간단해. 네가 시를 비평하는 문학평론가가 되는 거야. 그래서 이 세상의 모든 시인들의 시들을 살펴보고 거기에 대해서 너의 생각과 느낌을 밝혀 주는 거야. 그래서 세상을 좀 더 아름답게 변화시키고 사람들 마음을 더욱 맑고 깨끗하고 행복하도록 도와주는 거야. 그런 아빠의 생각과 주장에 어린 네가 순순히 따라 준 것만 해도 아빠는 너무나도 기쁘고 고맙단다.

그래, 그래. 고맙고 고마운 우리 딸이야. 세상에 어떤 딸이 그렇게 아버지의 청을 순순히 아름답게 받아 주는 딸이 있겠니? 네가 대학교 진학에서 국문과를 선택하고 끝내 대학 공부를 마치고 글 쓰는 사람이 되어 준 것만 해도 아빠는 세상천지 모든 것을 얻은 듯한 기쁨과 보람이란다. 아빠는 비록 들어가지 못한 서울대학교였지만 네가 들어가 줘서 얼마나 좋은지 몰라.

그렇게 너는 아빠 대신으로 세상을 살아 준 사람이란다. 일찍이 아빠가 할아버지의 인생을 대신 살아 준 것처럼 말이다. 이런 걸 생각하면 인생이란 길고도 슬픈 강물 같은 것이 아닌가 싶어. 끊일 듯 끊이지 않고 멀리, 멀리까지 이어져 드디어 엄마의 물인 바다에까지 이르는 강물처럼 말이야.

나만 아는 풀꽃 향기

딸아, 고맙다

딸아이만 생각하면 지금도
가슴이 조그마해지고 푸른
물기가 돌고 생기가 돈다

딸아이만 생각하면
나 자신이 금세 어린 사람이 되고
젊은 시절의 나로 돌아간다

젊은 아빠,
날마다 고달프고 힘들었지만
딸아이 생각 가슴에 안고서
한 걸음만, 그래
한 걸음만, 스스로 달래며 살던
나 자신이 된다
딸아이는 마음의 보석

어둡고 답답한 인생의
하늘에 뜬 별빛
바람 부는 날의 풍향계

딸아, 고맙다
네가 있어서 내 가난한 인생이
오래 좋았단다.

나만 아는 풀꽃 향기

면접 고사 보던 날

드디어 대학 면접 고사 보던 날이 다가왔다. 너는 엄마와 아빠와 함께 서울을 향해서 길을 떠났다. 서울에는 마땅히 찾아갈 만한 가까운 친척이 없었지. 있다 해도 잊혀지고 사이가 멀어진 희미한 친척들만 있을 뿐이었지. 우리 집안이 그래. 그렇게 한미하고 아무 데도 기댈 데가 없는 집안이야. 제일 마땅한 집이 너희 엄마 여동생 막내 이모네였지.

이모네가 가리봉동에서 살던 때였을 거야. 그 집에서 사나흘 묵으면서 두 학교의 면접과 논술 고사를 마칠 수 있었지. 처음 본 학교가 고려대학교. 엄마와 아빠가 함께 고려대학교 그 낯설고 먼 학교까지 찾아가서 이리 묻고 저리 물으며 너를 시험장에 들여보냈지. 비교적 고려대학교 시험은 무난했던 것 같았어.

문제는 그다음 날에 치른 서울대학교의 논술 고사와 다시 그다음 날 치른 면접 고사였지. 논술 고사 날 아빠 혼자 너를 따라갔는데 수험생들이 시험장에 들어간 뒤 따라온 학부모들이 시험이 끝날 때까지 강당 같은 곳에 모여 앉아서 지루하게 기다렸지. 그 심정이 꼭 너희 엄마 젊은 시절 몸이 아파 병원의 수술실로 보내 놓고 기다리는 심정으로 불안하고 초조했지.

네가 논술 고사를 치르고 나온 걸 보니 얼굴이 노랗게 변해 있더구나. 손을 만져 보니 아주 차갑고 손바닥이 더욱 노랗게 변해 있었어. 참 그건 피를 말리는 일이었고 두 번 다시 하기 어려운 시련의 시간이었어. 논술 고사 마치고 이모네 집으로 돌아오는 길에 우리는 길가 행상에게서 면접 고사 예상 문제집 한 권을 샀지.

그걸 가지고 저녁 늦은 시간까지 아빠가 묻고 네가 대답하고 면접 시험 준비를 했지. 왜 대학에 들어가려고 하는가, 대학 교육의 목적은 무엇인가 등을 묻는 매우 상식적인 문제와 답이 들어 있는 문제집을 보면서 면접 시험 연습을 했던 거야. 그런데, 그런데 말이야 정작 면접 고사에서는 전혀 엉뚱한 문제가 나와 버린 거야.

면접 고사 일정이 오전 시간으로 잡혔던 것 같아. 지금은 네가 근무하는 직장이 되었지만 서울대학교 인문대학 근처 자하연이란 연못이 있는 언덕 위, 인문대학 건물 2층에 면접 고사장이 있었지. 긴장된 얼굴로 너는 면접 고사장으로 들어가고 아빠는 인문대학 건물 아래 응달진 언덕길에 서 있었지. 눈이 많이 내린 날이었어.

얼마나 추웠는지 몰라. 털외투에 손을 넣고서도 손이 시려웠고 무엇보다도 귀뿌리가 시려웠어. 인문대학 건물 통로를 지나온 바람이 눈을 스쳐 오면서 더욱 차가운 바람으로 바뀌었던 거야. 아빠는 네가 들어간 인문대학 건물 2층 쪽을 올려다보면서 하염없이 서 있었어. 그 교실 창문에만 유독 불이 켜져 있었거든.

한참 뒤에 네가 밖으로 나왔는데 얼굴빛이 말이 아닌 거야. 금방 땅속으로 꺼질 듯한 얼굴이었어. 잔뜩 눈치를 보고 있는데 너의 첫말이 놀라웠어. "아빠 때문에 나 대학 떨어졌어! 망했단 말야." 이게 또 무슨 말이란 말인가? 아빠는 매우 당황했고 궁금했지. 나중에야 너한테서 들어서 알게 된 이야기는 이랬어.

너의 순서는 세 번째. 시험장 안에 들어가 보니 시험관이 세 분 앉아 있는데 그 가운데 한 분이 문제를 내더라는 거야. "학생이 외우고 있는 시 한 편을 외우기 바랍니다."

그 질문에 허를 찔린 것이야. 저녁 내내 아빠와 마주 앉아 면접 고사 예상 문제집을 놓고 연습을 했는데 그런 것은 안 나오고 고작 시 한 편을 외우라니, 그건 허를 찔려도 너무 심하게 찔린 일이었을 거야. 하얗게 질린 얼굴로 당황한 끝에 네가 떠올린 시는 고려 시대 이조년이란 분의 시조 한 편.

'이화에 월백하고 은한이 삼경인제/일지춘심을 자규야 알랴만은/다정도 병인 양하여 잠 못 들어 하노라' 그런데 너는 그 글을 다 외우지 못하고 시조의 초장 하나만 외웠다지 뭐냐. 시험관이 "그다음은?" 하고 묻자 끝내 "잊었습니다."로 답하고 고사장을 나왔다지 뭐냐. 아빠는 너의 말을 듣고 많이 후회스러웠어. 명색이 시인이면서 딸아이에게 자기의 시 한 편을 외우게 하지 못했다니, 그런 생각이 들었어.

그러나 이제 모두 다 끝난 일이니 어쩌겠니. 엄마와 함께 공주로 돌아가는 수밖에. 공주 집으로 돌아가는 고속버스를 타려고 강남터미널에 도착했을 때였지. 아무래도 아는 분에게 전화라도 한번 걸어 볼 일이다 싶었지. 아빠가 아는 서울대학교 국문과 교수님은 여럿이었지만 가장 가까운 분은 오세영 교수였다. 오세영 교수는 박목월 선생

나만 아는 풀꽃 향기

추천으로 시인이 된 분으로 이건청 시인과 함께 아빠와
젊은 시절부터 가깝게 지낸 분이었지. "오 선생님, 안녕하
세요? 저 나태주입니다." "웬일이세요?" "실은 저의 딸아이
가 이번에 서울대 국문과에 응시했습니다. 오늘 면접 고사
를 보았는데 혹시 선생님이 면접관을 하지 않으셨나 해서
요." "아, 그래요? 제가 면접관을 했는데요. 학생 이름이 누
군가요?" "네, 나민애라고, 오늘 세 번째 시험장에 들어간
아이입니다." "아, 그 학생, 기억이 납니다. 그런데 그 학생
시를 끝까지 못 외웠는데……."

　대화는 대충 거기까지야. 그런 뒤로 아빠와 오세영 교수

1998년 3월 1일, 서울대학교 기숙
사에 민애 혼자 떼어 놓고 돌아오던
날, 엄마와 함께. 이날부터 민애는
서울 사람이 되어 살았다.

의 긴 침묵과 고민의 시간이 흘렀지. 이것도 나중 오세영 교수에게서 들어서 안 일이지만 당신이 너의 시험 점수를 잘 주지 못해서 많이 걱정이 되었다고 그래. 10점 만점에 3점 정도를 준 기억이라니까. 하지만 너는 서울대학교 국문과 시험에 당당하게 합격을 했지. 대학 수능시험 성적이 좋아서 그럴 수 있었던 거야.

서울대학교에 들어간 뒤 오세영 선생의 강의를 듣고 또 나중에는 그분의 지도로 석사 학위까지 논문을 쓰고 또 대학원 박사 과정 이수 중에는 그분의 추천으로 국문과 유급 조교를 하고 끝내 결혼식 주례까지 맡아 줬으니 그야말로 참 좋은 인연이 아니겠니. 그래서 너도 그분을 아빠의 형님, 큰아버지처럼 생각하면서 살고 있을 거야. 힘들었지만 아름다운 인연이고 좋은 추억이구나.

나만 아는 풀꽃 향기

딸에게 1

날 어둡고 추운데 주머니는 가볍고
배고파 낯선 밥집 드르륵 문을 열 때
얼굴에 후끈한 밥내 어찌 아니 목메랴

혼자서 음식 청해 밥사발 마주하고
엄마 생각 집 생각에 수저조차 못 들겠지
장하다 어린 네 모습 눈감고도 보이누나.

백두산 여행

네가 어렸을 때부터 아빠는 말했지. 그것은 하나의 선언 같은 것. 우리 민애가 자라서 대학생이 되면 민애랑 함께 스위스에 여행을 간다고. 꼭 그렇게 하겠다고. 그것은 민애와 하는 약속이기도 했지만 아빠 자신과 하는 약속이었지. 정말 그렇게 하고 싶었지.

한 번도 가 보지 못한 나라, 스위스. 민애와 함께 스위스에 여행을 가 본다면 얼마나 좋을까? '알프스 소녀 하이디'의 고향. 하이디와 제로움 할아버지가 바라보았을 하늘이며 산봉우리며 흰 구름이며 골짜기며 골짜기에 핀 꽃이며 산꼭대기에 녹지 않고 있는 만년설이며 저녁노을이며 그것들을 민애와 함께 바라보고 또 거기서 울려오는 새소리 물소리를 함께 듣는다면 얼마나 좋을까.

나만 아는 풀꽃 향기

그것은 상상만으로 즐겁고 눈빛이 반짝여지고 가슴이 뛰노는 일이었지. 그러나 그것은 그냥 그대로 꿈이었을 뿐, 실현되지 않은 상상이었지. 그 대신 아빠는 너하고 백두산 여행을 생각했어. 아니야. 그건 처음부터 그렇게 된 게 아니고 공주에서 교장으로 일하는 아빠의 친구들 네 분과 부부 동반으로 여행 계획을 세웠는데 엄마가 도저히 가지 못한다고 그래서 네가 엄마 대신으로 가 준 여행이었지.

지금 생각해 보면 그나마도 갈 수 있어서 좋았어. 비록 스위스에는 가지 못했을망정 그래도 대학생이 된 너랑 외국 여행을 한 번이라도 해 볼 수 있어서 좋았어. 그 여행은 아빠가 일정을 계획하고 현지 가이드를 섭외하여 가는 여행이었지. 조금은 두려웠지만 젊은 네가 함께 있어서 든든한 마음이었어.

그때만 해도 중국의 만주 연길이나 장춘으로 가는 직행 노선 비행기가 없어서 북경으로 돌아서 연길로 가고 거기서부터 백두산이며 두만강이며 압록강을 돌아보았지. 백두산 천지를 보는 것이 소원이었는데 끝내 안개와 구름 때문에 백두산 천지를 보지는 못했지. 실은 아빠는 1995년도 맑게 갠 백두산 천지를 본 일이 있는데 그 천지를 너에게 보여 주지 못해 안타까웠단다.

　하지만 너와 함께한 여행에서 좋았던 것은 용정시, 옛날 대성중학교 교사 건물 앞에 세워진 윤동주 시비를 함께 본 일이었어. 네가 더 잘 알다시피 윤동주는 진정한 우리의 국민 시인이요, 죽어서도 영원히 죽지 않는 영혼의 시인이지. 대성중학교는 일제강점기 만주 지역에 살던 우리 동포들이 세운 학교. 수많은 독립운동가와 애국지사를 길러 낸 학교라 했지.

　현재의 대성학교 건물은 1994년 용정시 정부와 한국의 해외한민족연구소의 주선으로 금성출판사의 지원을 받아

2000년 7월 18일, 중국 용정의
윤동주 시비 앞에서.

　　　　　　　　　　　　나만 아는 풀꽃 향기

옛 모습을 복원한 것이며, 건물 앞에 세워진 윤동주 시비
는 역시 해외한민족연구소와 동아일보사가 건립 비용을
분담하여 1993년 세워졌다고 기록은 전한다. 윤동주 시
비에 새겨진 시는 그 유명한 '서시'. 그 시비 앞에서 국문
학을 전공하는 너와 시를 쓰는 내가 나란히 서서 사진을
찍을 때는 가슴이 벅차올랐지.

　아, 그 감격을 앞세워 그다음으로 좋았던 것은 북경의
자금성 투어와 용경협龍慶峽 뱃놀이, 그리고 만리장성 오
르기. 지금은 사진으로만 남아 있는 그때 너와의 동행이
마치 꿈결같이만 생각이 난단다. 정말로 우리에게 기회가
주어진다면 너와 함께 스위스 여행을 가 보는 일인데 이
제는 내가 너무 나이 든 사람이 되어 그런 꿈도 고요히 접
어야 하지 않을까 싶구나.

정말 좋았던 여행은
따로 있다

백두산 여행은 가고 싶지 않았다. 청춘들의 배낭여행도 아
니고 여행사의 단체 여행이었다. 대학생의 자존심이 있는
데 가이드 깃발 아래 줄을 서다니, 상상하기도 싫었다. 나
말고 다른 멤버는 모두 부모님 연배 이상이었다. 원래는
아버지 직장 계 모임에서 가는 부부 동반 여행이었다. 내
가 끼는 게 상당히 이상했다는 말이다. 동네 아줌마 아저
씨라고 해도 불편할 텐데 한술 더 떠서 아는 선생님, 그 댁
사모님이었다. 엄마가 가야 할 자리에 내가 대신 끼어 들
어간 것도 마음에 걸렸다.

　그렇지만 아버지와 나는 무작정이었다. 우린 여행을 가
야만 한다고 생각했고, 둘 다 서로 말하지 않았지만 이것

이 처음이자 마지막이라고도 생각했고, 이다음을 기약할 돈이나 기회도 없었다. 당시의 예상은 딱 들어맞았다. 내 나이 사십 평생, 아버지 나이 팔십 평생 가족 여행은 그때가 전부였다. 그것도 네 명의 가족 중에서 두 명만 모인 반쪽짜리 여행이었다.

가고 싶지 않은 이유들은 많았지만 약했다. 반대로, 가고 싶은 이유는 강력했다. 가장 큰 매력은 비행기를 탄다는 사실이었다. 아버지는 천지를 볼 수 있을까 설레는 본인의 마음을 내게 전파하려 들었다. 나는 천지를 보면 보는 거지, 애타지 않았다. 아버지는 여행 내내 백두산과 용정과 시인 윤동주에 서린 일화들을 잔뜩 알려 주셨지만 나는 건성으로 들었다. 그런 건 하나도 중요하지 않았다. 장소는 아무 상관도 없었다. 그저 내가 가 볼 수 없었던 공항, 가 보지 못했던 구름 위, 가지 못했던 외국에 간다는 사실만이 중요했다.

학교에서 친구들이 가족 여행이라든가 해외여행을 이야기할 때, 나는 그들이 먼 나라 사람처럼 느껴지곤 했다. 근근이 살던 우리 집에 여행이란 존재하지 않는 단어였다.

게다가 해외라고? 나는 속으로 화가 나기도 했다. 시골에서 자라 겨우 서울을 비집고 들어온 나에게는 서울이 바로 해외였다. 나한테는 경부고속도로가 현해탄이었고, 버스가 연락선이었으며, 고속터미널이 항구였다. 그래서 사람들이 캐리어를 끌며 다닌다는 공항은 일종의 판타지였다. 나는 그 풍경을 미워했고, 갖고 싶어 했다. 그때 나는 20대 초반이었다. 가지지 못했던 것을 향해 달려 나가고 싶은 나이였다.

나는 돈 한 푼 내지 않고 아버지의 돌봄을 받으며 그 여행을 무사히 끝냈다. 호강이었다. 짜증도 종종 냈는데 아버지는 다 받아 줬다. 아버지는 그 여행 내내 내 사진을 어마어마하게 찍어 댔다. 원래도 아버지는 사진사, 나는 모델이라는 역할 분담이 있었는데 그때는 유독 심했다. "민애야, 여기 서 봐. 민애야, 여기 봐 봐." 이 말을 지겹게도 들었다. 어디에 가든 아버지는 내 독사진을 많이 찍어 줬다. 폭포 앞에서도 찍고, 바위 앞에서도 찍고. 아버지는 중국 여행을 내 사진 찍어 주러 왔는가 싶었다.

여행에서 돌아온 다음에 아버지는 사진을 다섯 개의 앨

　　　　　　　　　나만 아는 풀꽃 향기

범으로 만들어 보내 주었다. 나는 그때 그 사진첩을 대충 보고 밀어 두었다. 이미 다녀온 여행지에 대한 미련도 없었고, 아버지와 여행을 다녀왔다는 뿌듯함도 없었다. 한창 철이 없을 때였다. 아버지가 찍어 준 다섯 개의 앨범보다 나는 남자 친구와의 스티커 사진이 더 소중했다. 그 나이가 그랬다.

중국 여행 앨범은 지금도 가지고 있다. 작은아이 사회 교과서에 백두산이 나올 때에도 그 앨범을 보여 줬고, 큰아이가 세계사 배울 때에도 만리장성에서 찍은 사진을 찾아 보여 줬다. 기회가 되면 은근히 자랑하고 싶었다. 그런데 아이들은 내가 보여 주는 사진에 큰 관심이 없다. 그렇구나, 하고 팔랑거리며 날아가 버린다. 사진 안의 나 역시 가볍게 팔랑거리며 다닐 나이였는데, 그때는 아버지와의 여행이 대단치 않았는데. 따끈할 때는 보지도 않던 앨범을 지금은 혼자서, 길게 뒤적거린다. 그때 소중하게 생각하지 않았던 순간들이 잃은 지금에 와서 소중하다. '너는 그것도 몰랐니', 사진 속 젊은 아버지와 더 젊은 내가 오늘의 나를 향해 뭐라 뭐라 말을 걸어오는 것만 같다.

아버지는 20년이 지나서야 내가 이 사진들을 물끄러미 쳐다보리라고 예상했을까. "민애야, 여기 서 봐." 셔터를 눌러 대던 아버지는, 창고에 쪼그리고 앉아 앨범을 들여다볼 40대의 딸을 상상했을까. 나는 앨범에 자주 등장하는 내 얼굴을 찾아보지 않고 가끔 등장하는 아버지의 얼굴만 찾아본다. 그때 아버지는 이렇게 웃었구나. 지금보다 윤기나고 힘이 있게 웃었구나. 풍채도 지금보다 더 있고, 배도 이만큼 더 나왔구나. 너무 힘이 없고, 작아진 오늘의 아버지를 생각하면서 긴 시간 앨범을 뒤적거린다. 오늘도 나는 과거의 아버지를 이렇게 발견한다.

어떤 경우에는 사건이 먼저 일어나고 의미는 나중에 발생한다. 나한테 아버지와의 중국 여행이 그런 쪽에 해당한다. 지금 생각하면 우리의 유일하고 무일했던 반쪽짜리 여행은 너무나 완벽했다. 그때는 완벽하지 않았는데, 아버지의 육신이 한계에 다다른 지금, 그래서 우리의 두 인생이 겹쳐지는 시간이 점점 줄어드는 지금에 이르러서야 완벽하다.

아버지는 나보다 서른네 해나 먼저 지구에 왔다. 아버지는 나보다 서른네 해 먼저 지구를 떠날 거다. 그러니까 우리 사이에는 우리가 만나지 못하는 서른네 해가 두 번이나 있다. 아버지가 먼저 와서 나를 기다렸고, 아버지가 먼저 가면 이번에는 내 쪽에서 기다릴 거다. 그렇지만 함께했던 시간은 서른네 해보다 더 길었다. 아버지는 40년 넘게, 그러니까 정확히는 내 나이만큼 나와 함께 여행을 했다. 우리는 생전 처음 만나는 시간을, 생전 처음 보는 장소를 함께해 왔다. 그러니까 아버지, 내가 장소가 문제가 아니라고 했잖아요. 지구든, 중국이든 어때요. 단 한 번이면 어때요. 우리는 같이 여행을 했잖아요. 아직도 함께 여행을 하고 있잖아요.

가족 여행을 못 가서 미안하다고 말하는 아버지에게 이렇게 알려 주고 싶다. 1979년 6월 26일 내 생일날, 아버지와 내가 만나 지금껏 같이 하고 있는 게 바로 여행이라고. 그러니까 나는 지금 이 여행으로 충분하다고. 나는, 아버지와 함께한 이번 여행이 너무나 좋았다고.

3장

인생을 묻는 젊은 벗에게

5월의 신부

지금에 와서 생각해 보면 민애 너는 태어나서 자라면서 네가 해 보고 싶은 일을 다 해 보았고 인생의 모든 관문을 성공적으로 통과한 사람이라는 생각이 든다. 물론 남들이 모르고 아빠도 모르는 고통이 있고 숨겨진 어려움이 첩첩이 있었겠지. 그러나 그런 것들을 차례로 해결하여 오늘에 이른 것을 고맙게 기특하게 생각한다. 그만큼 너에게는 남들은 모르는 고뇌와 노력과 망설임이 있었겠지.

결혼도 그래. 너는 어려서 순정 만화를 보면서 만화의 주인공 얼굴을 노트에 그리면서 자기는 '5월의 신부'가 된다고 그랬어. 그것이 꿈이었지. 그런데 정말로 네가 5월의 신부가 된 거야. 오직 너의 노력과 노심초사와 지혜로 그렇게 된 것이지.

다른 애들과 아빠들은 모르겠다. 나는 네가 자라면서 네가 만나는 너의 남자 친구들에게 아주 많은 관심을 가졌다. 언젠가는 엄마와 아빠의 곁을 떠나갈 네가 아니냐. 그렇다면 너와 함께 살아갈 인생의 반려자, 동행자가 필요하지 않겠어? 진정 내가 너를 아끼고 사랑한다면 그 사람을 잘 만나게 해야지.

고등학교 3학년 초에 아빠와 상담하여 약속한 대로 너는 오직 공부에만 힘을 모아 네가 꿈꾸고 그리워했던 학교에 들어갔다. 네가 서울대학교에 들어갈 때 아빠도 함께 서울대학교에 들어갔다고 생각했고 네가 또 대학원 석사 과정에 입학할 때도 아빠는 다시 너와 함께 서울대학교 대학원 석사 과정에 입학했다고 생각했지. 그건 아마 엄마도 그랬을 거야.

네가 어른으로 성장하면서 네가 사귀던 남자 친구들을 너는 차례로 아빠에게 소개해 줬지. 이 점도 다른 딸들과 네가 특별한 점이야. 쉬쉬하고 감추는 일이 없었지. 정말 그럴 필요가 없는 일이야. 솔직 담백, 견결한 것이 아빠의 성격이듯이 너 또한 그랬어.

네가 서울로 가서 살기 시작하면서 내가 몇 차례 미국 교포 문인들의 문학 강연 초청으로 미국 여행을 하고 돌

나만 아는 풀꽃 향기

아왔는데 그때마다 네가 공항에 마중 나오거나 공항까지 가는 버스를 안내해서 태워 줬는데 한번인가는 네가 남자 친구랑 함께 공항으로 아빠를 마중 나온 일이 있었지. 그때 만난 남자 친구가 바로 지금 네가 결혼해서 사는 남편이야.

객관적인 조건이나 사정은 말하지 않겠다만 우선 유순하고 차분한 성격이어서 좋았고 무엇보다도 너를 최우선으로 아껴 주고 사랑해 주는 살가움이 좋았다. 그래서 아빠도 좋다고 했지. 서둘러 절차를 밟아 결혼식을 올리게 된 것이 2004년 5월 23일. 네가 만으로 스물다섯 나이였을 때. 서울대학교 캠퍼스 안에 있는 한 예식장. 일요일이고 날씨도 좋고 마침 예식이 한 커플뿐이라서 느긋해서 좋았다.

마침 너의 남편 될 사람이 부산지방법원 판사로 임용되어 서울을 떠나 있게 되어 예식장 마련이며 결혼식 준비며 들어가 살 살림집이며 그 모든 일을 너 혼자서 도맡아한다고 했지. 멀리서 도와주지도 못하고 엄마와 아빠는 마음만 동동거렸단다. 그러나 우리 딸은 우리 딸! 그 모든 일들을 불평 없이 지치지 않고 잘 해냈지.

결혼식 날 주례는 오세영 교수님. 실은 네 남편이 판사에 임용된 법조인이긴 했지만, 법대 출신이 아니라 너와 같은 서울대 국문과 출신이었지. 너보다는 몇 해 선배 되는 사람. 그러므로 주례를 보신 오세영 교수님으로서는 신랑 신부가 모두 제자였던 셈이지. 이 점도 실은 특별한 점이야.

네가 결혼식을 올리던 날 아빠는 감정을 통제하지 못하고 많이 울었지 뭐냐. 그냥 눈물만 훔친 게 아니라 아주 많이 다른 사람들 보기에도 표 나게 울었던 것 같아. 아빠가 그래. 좀 모자란 구석이 있는 사람이야. 아주 오래전 너의 둘째 고모가 청양으로 시집갈 때도 아주 많이 울었지. 스

2004년 5월 23일, 결혼식장에서 활옷 차림으로 친구들과.

나만 아는 풀꽃 향기

스로 감정 통제 능력이 부족해서 그래. 즐겁고 기쁜 날에 그렇게 울다니! 민망한 일인데 막상 일이 닥치면 안 그래. 그래서 스스로 시인이라고 생각하기는 하지만 정말 민망한 노릇이지.

너희 남편, 그러니까 우리 사위 될 사람을 처음 만나서도 내가 한 말이 있다. "우리 민애 대학원 석사 과정까지는 내가 책임질 테니 대학원 박사 과정부터는 자네가 알아서 하게. 그리고 우리 애가 대학교 교수가 꿈인데 그것을 좀 도와주게." 그럴 때 너의 남편은 공손하고 분명한 어투로 "네, 그렇게 하겠습니다."라고 말해 주었지. 이 또한 고마운 일이야.

그런데 민애야. 지금도 아빠가 미안한 일이 있어. 네가 처음 들어가 살던 살림집 말이야. '서울시 영등포구 도림동 265-1 하나아파텔 A동 1401호'. 아주 협소한 공간에 차려진 초라한 가구들이며 을씨년스러운 분위기. 한번은 너희 집에 들른 날 너희들이 쓰는 침대 옆에 있는 커튼을 열었더니 거기가 바로 유리창이고 바로 벽이고 또 바깥 풍경이 그대로 내려다보여서 속으로 놀란 적이 있지.

하지만 그런 모든 안 좋은 조건들을 무릅쓰고 씩씩하게 일어나 앞으로 나간 우리 딸 다시 한번 장하다. 결혼을 앞

두고 아빠가 그랬지. 잘생긴 남자와 결혼하면 2~3년 행복하고 돈 많은 남자와 결혼하면 10년쯤 행복하지만, 마음이 정직하고 따뜻한 사람과 결혼하면 평생 행복할 것이라고! 아빠의 그 말을 너는 아주 잘 알아듣고 지금 함께 사는 남편을 만난 거야. 그런 점에서는 우리 사위에게도 고맙구나.

결혼 얘기와는 조금 다른 얘기지만 민애 너는 인생의 중요한 고비마다 아빠에게 상담을 청해 왔고 또 아빠의 도움이나 조언을 받아들였다. 너의 마음 바탕이 현명해서 그런 것이지. 대학 학부를 졸업하고 나서도 너는 한국의 최고의 한 기업체로부터 스카우트 제안을 받았었지. 하지만 너는 아빠와 상의하여 그쪽으로 가지 않고 계속해서 공부하는 쪽을 선택했지. 그러니까 천천히, 멀리 보면서 당장성공이나 승패보다는 후일의 그것을 기약했던 것이야.

살면서 우리가 자주 나눈 말이 있어. '시작은 미약하나 나중은 창대하리라' 성경 속의 그 말씀을 오늘날 네가 실천에 옮긴 거야. 5월의 신부 우리 딸 다시 한번 축하한다. 세상에 있는 어떤 꽃이 너보다 더 예뻤다고 말하겠느냐!

나만 아는 풀꽃 향기

절값

명절이나 생일 때도 받지 않은 절이다만
그래 그래 너도 이제 어른 되어 시집가니
절 한번 해 보려무나 큰절로 하려무나

나비가 춤을 추듯 제비가 나래 치듯
어여뻐라 내 딸이여 꽃송이가 따로 없네
그 모습 그냥 그대로 한평생을 살거라

이것은 돈이다만 돈이 결코 아니요
부모가 너의 앞날 끝없이 축원하는
마음의 표식이거니 주저 말고 받거라.

문학평론가

민애야. 2007년도는 우리 가족에게 인생 최대 환란의 시기, 액운의 날들이었다. 지금 와서도 다시금 꺼내어 말하기조차 버거운 기억이다만 아빠가 그해 죽을 뻔했지 않니. 아빠의 나이 만으로 62세. 43년 동안이나 근무하던 초등학교 교직에서 정년 퇴임을 하려던 해였지. 그해 3월 1일 새벽에 병원으로 실려 가서 8월 20일에야 구사일생으로 퇴원을 했으니 기적 같은 일이었지.

그 길고도 긴 터널 같은 날들을 너와 너희 엄마와 오빠가 손을 잡고 스크럼을 풀지 않고 아빠를 지켜 주었기에 아빠는 다시 밝은 세상으로 나왔다고 생각한다. 고맙고 고마운 일이지. 그로부터 아빠의 시인으로서의 인생도 바뀌고 모든 것이 달라졌지. 그야말로 아빠에겐 제2의 인생이

나만 아는 풀꽃 향기

시작된 것이지.

그런데 2007년은 너에게도 큰 변화가 있었던 해였지. 네가 《문학사상》이란 중앙의 권위 있는 문학잡지 신인상 제도를 통해 문학평론가로 등단을 한 것이지. 그때 너의 나이 28세. 아직은 박사 학위를 받기 전이었지만 너는 서울대학교에서 좋은 교수님들에게 충분히 가르침을 받고 애정 어린 문장 수업을 받았다고 생각한다.

특히 지도교수로 애써 주신 오세영 교수와 권영민 교수의 사랑을 잊을 수 없을 거야. 그 두 분은 늘 너의 앞날을 멀리서 지켜보면서 걱정하고 계셨으니까 말야. 권영민 교수는 오랫동안 《문학사상》에 주간을 맡아 오신 분으로 너를 어엿한 문학평론가로 내세워 주고 싶어서 마음을 많이 쓰신 분이야. 그 결과가 바로 2007년도 《문학사상》 신인상 문학평론 부분 당선으로 나타난 거야.

네가 문학평론가가 되었다는 소식을 아빠는 죽을 둥 살 둥 버티는 병상에서 들었다. 어쩌면 그런 반가운 소식이 나에게 삶의 희망과 집념과 자생력을 주어서 죽는 쪽으로 기울지 않고 끝내 사는 쪽으로 돌아왔겠지 싶어. 신인상 발표가 5월호에 난다고 해서 기다렸는데 두 달을 더 기다리고 나서 7월호에 비로소 난 거야. 비록 시들어 가는 목숨이었지만 너의 문단 등단 소식이 뛸 듯이 기뻤단다.

　너의 문장은 매우 간결하고 힘이 있는 문장이야. 어물거리지 않고 정곡을 찌르는 남성적인 특성이 있는 문장이지만 그 바탕에는 여성 특유의 살가운 심성이 깔려 있지. 그러면서도 많은 의미들을 문장의 행간에 숨기고 있어 경제적이기까지 하지. 그게 다 서울대학교 교수님들에게서 받은 문장 수련 덕분이라고 생각해. 너는 당선 소감 말미末尾에 이렇게 썼다.

　'그리고 아버지, 결박당한 새처럼 울고 앉았던 내 아버지는 기쁜 소식을 듣고 나서 웃지 않고 울었다. 그의 병에

2007년 12월 7일, 민애《문학사상》신인상 시상식, 김남조 선생의 축하를 받으며.

나만 아는 풀꽃 향기

통할 수 있는 가장 좋은 항생제가 되기를 바란다. 이제 가시밖에 남지 않은 나의 가시고기 아버지를 내가 업고 날고 싶다' 그래. 그때 정말 아빠는 가시밖에 남지 않은 가망 없는 인간이었지. 그런 내가 너의 축복과 기도로 다시 사람이 되어 병원을 나왔을 뿐더러 아직도 살아 있는 목숨이지 않니. 이것이야말로 하나님이 베푸신 기적의 산물이라고 생각한다.

한 가지만 더 말하자. 그때 너는 병든 아빠와 약속을 했다. 문학평론가로서의 약속이지. 첫째, 계속해서 공부를 열심히 하는 문인이 될 것이며 가르쳐 주신 선생님들을 오래 잊지 않겠다. 둘째, 이 땅의 모든 시인과 그들의 시작품을 안쓰러운 마음으로 살피는 평론가가 되겠다. 셋째, 아빠의 작품은 논평의 대상에서 제외하겠다. 그 약속은 그 뒤로 충분히 지켜졌다고 본다. 역시 감사한 일이야.

평론가인 딸에게

시인들은 억울한 마음이 있어서 시인이고
섭섭한 마음이 있어서 시인이고
쓸쓸한 일이 많아서 시인이란다
딸아, 고맙게도 대학에서 좋은 선생님들 만나
문학 공부하여 문학평론가가 된 딸아
시인들을 좀 더 안쓰럽게 보아다오
시인들의 시를 읽을 때에도
칼로 자르듯이 읽지 말고 어루만지듯이
쓰다듬으며 읽어다오
네가 어렸을 때 학교에서 돌아오면
밖에서 술 마시고 와서 울던 애비를 보지 않았더냐
서울만 다녀오면 벽에다 주먹질하며
두 눈을 부릅뜨던 애비를 자주 보지 않았더냐
이 땅의 불쌍한 시들을 읽어 주고
시인들을 쓰다듬어 줄 너에게 감사한다

애비로서 한 사람 시인으로서 더욱 감사한다.

/

아버지에게 가장 아픈
상처가 되어 미안해

사람이 칼이 될 수 있을까. 나는 커터 칼도 함부로 쓴 적이 없다. 지극히 선량하다고 자부한다.

사람이 칼이 될 수 있을까. 그러나 세상에 딱 한 사람, 아버지에게만은 내가 칼이었다. 딸인 나는, 커터 칼도 무서워하는 나는, 지극히 선량한 사람인 나는, 아버지에게는 날카로운 칼이 된 적이 있다.

그 칼은 어디서 왔을까. 아버지를 가장 잘 아는 나의 마음속에서 솟아났다. 그 칼은 어떻게 자랐을까. 아버지를 가장 많이 닮은 내 입을 지나면서 벼려졌다. 나는 아버지가 아파할 말만 잘도 골라내는 장인이었다. 배우지 않아도 알 수 있었다. 어떤 부분을 건드려야, 어떤 말을 해야 아버지가 피를 흘릴지 너무 잘 알았다. 그리고 아버지는 피할 생각을 하지 않았다. 말로 된 딸의 칼을 잘도 받아 냈다.

내가 칼이 될 때면 아버지는 허수아비처럼 서 있었다. 그게 그렇게 싫었다. 사람이 칼이 되어 공격하는데, 싸우자고 덤비는데 차렷하고 있는 아버지가 너무 미웠다. '싸우려는 나의 원망과 비난을 무시하는 거야 뭐야. 왜 받아치지도 않아' 이런 생각에 더욱 화가 났다.

그런데 지금 생각해 보니 아버지는 당신 스스로가 비난받아도 마땅하다고 생각했던 것 같다. 그래서 내 칼을 다 받았다. 한때 아버지의 침묵은 비겁한 것, 나의 비난을 회피하는 것이라 생각했는데 아니었다. 그건 '그래, 맞다. 미안하다'라는 신호였다.

조금 더 생각해 보니 아버지는 당신 스스로가 비난을 그냥 다 삼켜야 한다고 생각했던 것도 같다. 아버지를 향하던 칼날이 혹시라도 방향을 바꿀까 걱정했다. 칼을 쥔 사람이 서툴면, 칼은 주인을 공격하기 마련이니까. 아버지는 칼날이 된 내가 나를 찌를까 두려워했다.

나는 왜 아버지에게 향하는 칼이 되었을까. 돌아보면 미워한 이유가 좀 어이없다. 어려서는 아버지가 집의 제일어른이라는 이유로 아버지를 비난했다. 어른은 만능이어야 했고, 아버지는 만능이 아니었다. 나에게 그건 아주 큰죄악의 사유였다.

우리 어머니는 몸이 약하고 사랑이 많은 사람이어서 자주 아팠다. 아픈데도 계속 무리해서 우리를 사랑해 주다 병원에 가곤 했다. 딸인 내가 보기에 엄마가 아픈 것은 순전히 아버지 탓이었다. 아버지는 엄마만 사랑해야 하는데 시를 사랑했고 문학을 사랑했고 부질없이 헛된 꿈을 사랑했다. 아버지가 사랑하는 아버지의 꿈들은 다 첩 같았다. 본처를 아프게 만드는 원흉들. 본가의 돈을 빼내는 기생충. 아버지는 엄마가 아픈데 서울 잡지사에 써 보내는 글을 붙들고 있었고, 어머니가 병원에 있는데도 동인들 모임에 나갔다. 나에게 그건 배신이었다. 내 엄마의 남편으로서의 배신. 행복한 가정을 위해 최선을 다해야 하는 아버지로서의 배신.

내 아버지는 성실한 직장인이어야만 했다. 집만 알고,

우리 네 가족만 위하고, 일이 끝나면 집에 돌아와 팽이를 깎아 줘야 하는 가장이어야 마땅했다. 남들 다 있는 팽이랑, 썰매랑, 썰매채가 우리 집에만 없었다. 겨울 논에 물이 꽝꽝 얼어도 우리 남매만 썰매를 탈 수 없었다. 엄마가 어찌어찌 만들다가 낫에 손을 베어 피가 났다. 그러니까 엄마가 다친 건, 엄마가 아픈 건, 다 아버지 탓이었다. 아버지가 썰매를 만들지 않고, 대신 시 나부랭이를 만들어서 엄마가 아팠다. 그걸 보는 내 마음이 아팠기 때문에 나는 아픔을 아버지에게 돌려줘야 했다. 그 아픔은 내게 오면 안 되는 것이었다. 아버지는 내 이상적인 아버지가 아니었기 때문에 나는 아버지에게 칼이 되었다.

"아버지는 이기적이야. 자기만 생각해. 가족들에게 더 잘할 수 있는데, 아버지는 왜 시를 쓰는 거야?"
아버지가 가장 사랑하는 일은, 어느새 딸이 아버지를 가장 미워하는 근거가 되었다. 그 당시 아버지는 시인으로서 남들이 잘 알아주지 않는다는 콤플렉스가 있었다. 영악한 나는 그걸 너무 잘 알았다. 그래서 연약한 아버지의 심장

쪽으로 칼을 휘둘렀다. 나는 적극적으로 아버지의 시인됨을 비웃었다. 뭐 그리 대단한 거 하느라고 엄마를 아프게 하느냐고. 그 시간과 애정으로 우리를 더 돌보라고 당당하게 요구했다.

"나는 커서 아버지 같은 사람하고는 절대 결혼하지 않을 거야. 나는 커서 부자가 될 거야. 아버지가 못 버는 돈을 내가 벌어서 엄마만 줄 거야." 이런 칼날을 아버지에게 날리곤 했다. 그럼 아버지는 대개 아무 말도 하지 않았고, 간혹 "우리 민애는 부자가 될 거야, 엄마 호강시켜 줄 거야." 이렇게 말하곤 했다. "그 호강 아버지가 시켜야지, 왜 나한테 떠넘겨!" 칼이 된 나는 아버지가 무슨 말을 하든 화를 냈다. 남들은 아버지가 시인이어서 얼마나 좋으냐고 묻곤 하는데, 그건 속도 모르는 이야기다. 어려서 나한테 아버지의 시는 아버지의 샴쌍둥이 같은 거였다. 속으로는 아버지와 분리하고 싶은데 분리하면 내 아버지가 죽을까 봐 어느새 같이 살다 보니 익숙해진 것이다.

좀 더 커서는 아버지가 나에게 충분히 잘해 주지 않는

나만 아는 풀꽃 향기

것에 성을 냈다. 아버지가 오빠를 더 사랑하는 것 같아서 비난했다. 뭐가 없는 집이었기 때문에 적은 자원이 오빠에게 갈 때마다 나는 왜 오빠가 먼저냐고 화를 냈다. 딸도 사람인데, 내가 오빠보다 더 잘하는데 왜 오빠만 챙기는지 이해할 수 없었다. 때로는 아버지가 나보다 아버지의 부모를, 형제를 더 사랑하는 것 같아서 비난했다. 아버지가 다른 사람 때문에 괴로워하는 것이 싫었다. 아버지는 내 칼에만 아파해야 하는데 다른 일 때문에 아프다는 게 마땅치 않았다. 내가 이렇게나 노력하고 애쓰는데, 서울대도 들어갔는데, 위해 주지 않고 칭찬해 주지 않아서 화를 냈다. 그럴 때면 "아버지는 자식을 사랑하지 않아."라고 비난했다. 그 말에 아버지가 아파하면 아버지는 나를 사랑하는 거였기 때문에 일부러 더 거센 칼날이 되었다.

그때 나는 어렸고 아버지는 젊었다. 아버지도 어른됨이 힘들었을 거고, 아버지 되는 게 서툴렀을 거고, 항상 쪼들렸을 거고, 그래도 꿈을 잃고 싶지 않았을 거다. 지금이라면 '아버지 장하다' 생각할 수 있는 것들이 그때는 하나도 보이지 않았다. 아버지의 가난과 어머니의 병과 나의 조급

함에 가려 보이지 않았다. 그런데 아버지는 칼이 된 나를 단 한 번도 혼내지 않았다. 다른 일로는 많이 혼냈어도 아버지 자신을 아프게 한 일로 나에게 화낸 적은 없다.

"아버지 아프다. 그만해라." 항복 선언 같은 이 말을 들을 때까지 나는 내내 칼이었는데, 아버지는 내내 칼을 받았는데. 나는 아프면 화가 나던데. 내 아버지는 그러지 않았다.

사람이지 못하고 칼이 되었던 때를 뒤늦게 후회한다. 딸과 싸우는 엄마가 되어서 아버지를 생각하고 아들 때문에 가슴을 치는 엄마가 되어서 후회한다. 이제는 아는데, 다 아는데. 내가 잘못했다는 것과 아버지는 억울했다는 것을 아는데. 그러니까 사과를 제대로 하고 용서를 받아야 하는데. 이상하게도 나는 내가 알고 있는 이런 이야기들을 도저히 말로는 할 수가 없다. 아버지의 심정을 이제는 아는데, 안다고 말할 수가 없다. 미안한데 미안하다고 말할 수가 없다.

나만 아는 풀꽃 향기

"아버지를 찔러 대서 미안해. 상처가 될 걸 알고 일부러 상처 줬어. 그때 미친 듯이 아버지를 비난해서 미안해." 어떻게 아버지에게 이런 말을 할 수 있을까. "엄마가 너무너무 미안해." 나는 키가 작은 내 자식 앞에 무릎을 꿇고, 눈높이를 맞추고, 손을 꼭 잡으면서 이렇게 사과한다. 그럴 일이 있으면 몇 번이고 미안하다고 말할 수 있다. "선생님이 잘 몰랐네. 너무 미안하다." 나는 나보다 키가 큰 우리 반 학생을 살살 달래면서, 조금 쑥스러운 듯 미간을 좁히면서 이렇게 사과한다. 긴장하지 않고, 웃으면서도 말할수 있다.

그렇지만 아버지에게는 고맙다고는 해도 미안하다고는 말이 나오지 않는다. 나오려다가도 목구멍에 컥 하고 걸려서 다시 내려가 버린다. 그럴 때마다 나는 내가 걱정이 된다. 나중에 후회할 것이 두렵기 때문이다. 아버지가 병원의 하얀 침대에 누워 있을 때, "아버지, 가시기 전에 나를 용서해 줘요." 이렇게 말하는 장면이 눈에 선하다. 그런데도 어머니에게는 잘만 나오는 사과가, 남편과 자식과 학생과 동료에게도 하는 그 사과가 아버지에게만은 안 나온다.

미안하다고 말하지 못하는 게 또 미안하다.

그래서 여기에 쓴다. 아버지는 아버지니까, 내가 조금 이야기해도 많이 알아들을 걸 믿는다. 한 번 말해도 여러 번 읽어 줄 걸 믿는다. 나는 아버지에게 가장 무서운 칼이 될 수 있을 만큼이나 아버지를 잘 알고 있다. 그러니까 나의 믿음은 틀리지 않을 것이다.

"아버지, 있잖아요. 함부로 비난해서 미안해요. 너무 많이 상처 줘서 미안해요. 아버지는 절대 나쁘지 않았어. 나를 많이 사랑해 준 걸 알아. 다 알아. 그런데도 미워하고 원망했어요. 내가 몰라서, 어려서 그랬어요. 아버지, 너무 미안해요."

나만 아는 풀꽃 향기

워킹맘

민애, 네가 결혼을 한 것은 앞에서도 말했듯이 2004년. 그다음 해에 박사 과정에 입학하여 국문과 유급 조교로 일하면서 공부를 계속했지. 그러니까 아내, 학생, 직장인, 세 사람의 삶이 너에게 함께 있었던 거야. 상당 기간 아기가 없었다. 학교 공부와 직장 생활 때문에 그러하거니 생각했지. 그러다가 첫아이가 태어난 것은 2008년. 네가 문학평론가가 되고 아빠가 교직에서 정년 퇴임을 하고 집에서 쉬던 해였지. 그로부터 너는 또 아기 키우는 엄마로서 살기도 했지. 말하자면 1인 4역의 삶을 살기 시작한 거야.

이어서 지루하고도 따분한 날들이 길게 이어졌지. 네가 박사 학위를 받게 된 것은 2013년. 박사 공부를 시작한지 장장 9년 만에 어렵게 이룩한 성과였지. 박사 학위를 받을 때 너는 또 배 속에 둘째 아이를 임신하고 있었지. 그러니까 너의 둘째 아이는 너와 함께 배 속에서 박사 학위를 함께 받은 아이라고 볼 수 있겠어.

장해. 장하고 장한 일이야. 워킹맘. '일과 육아를 병행하는 여성을 이르는 말'. 네가 처음 태어나던 날 공주의 김산 부인과 분만실 밖에서 아빠가 너를 두고 희미하게 걱정했던 모든 고난들이 너에게 닥쳤음이고 그것을 또 네가 잘 이겨 낸 덕분이지. 그렇게 네가 워킹맘으로서의 날들을 잘 이겨 낸 데에는 너의 남편의 적극적인 이해와 성원이 분명 바탕에 있었을 거야. 다시 한번 고맙고 감사한 일이란다.

2004년 8월 29일, 석사 학위 받은 딸을 바라보고 있는 아내. 우리 아이들은 이렇게 저희 엄마가 지켜보는 힘으로 자랐다.

나만 아는 풀꽃 향기

우리 딸

바쁘고 바쁜 우리 딸

대학 조교에다가 대학원 박사 과정 학생에다가

남편과 함께 주부로 사는 우리 딸

컴퓨터로 리포트 쓰면서도 생선을 굽고

빨래를 개면서도 책장에서 눈길 떼지 못하는 우리 딸

동동동 발걸음이 바빠서 허공중에 떠 있어서

출근길 자동차 운전을 하면서도

빨간불 신호 때에 짬짬이 시간

얼굴에 분을 바르고 눈썹을 그리는 우리 딸

대충대충 그려서 짝짝이 눈썹

대충대충 칠해서 삐뚤어진 입술

어여뻐라 안쓰러워라.

우는 아기를 위해
풍금을 쳐 주던 아버지

결혼한 다음에 나는 아버지와 점점 더 멀어졌다. 아줌마가
된 딸은 아버지와 나눌 것이 적기 때문이다. 임신과 출산
은 말할 것도 없었다. 아버지는 엄마를 통해 내 이야기를
전해 듣고, 나도 엄마하고만 이야기를 나누었다. 나는 더
이상 아버지의 팔짱을 끼고 재잘거리는 어린 딸이 아니었
다. 어른이 된 딸과 어른이 된 딸을 가진 아버지는 점점 서
로에게 과묵해졌다.

　그러다 나도 아버지처럼 한 아이의 부모가 되었다. 파도
처럼 덮쳐 오는 진통, 죽는 건지 낳는 건지 알 수 없는 혼
란 속에서 나는 아기를 낳았다. 사람이 사람을 낳는 것은
의외로 고독한 일이었다. 곁에 누가 있든지 아무도 없는

　　　　　　　　　　　　　　　나만 아는 풀꽃 향기

것 같았다. 아직 얼굴도 모르는 한 아기를 만나기 위해 엄마 혼자서 긴 터널을 뚫고 나가는 일. 이게 출산이다. 언어맞은 것도 아닌데 눈에는 실핏줄이 터지고, 팔꿈치에는 멍이 들고, 온몸이 부서질 듯 아팠다. 모든 일이 다 끝나니까 겨우 다른 사람들이 눈에 들어왔다.

나의 부모님은 시골에서 버스를 타고 올라오셨다. 시댁 식구들이 아기를 보며 웃을 때 엄마와 아버지는 나를 보면서 울었다. 남편이 때를 맞춰 식사하러 갈 때 엄마와 아버지는 식사를 걸렀다. 나는 그게 너무 고마웠다. 아기를 낳는다고 해서 단박에 엄마가 되는 엄마는 없다. 서른 해 전에 나의 부모님도 이렇게 힘들게 나를 맞이했던 거다. 그들 앞에서 나는 다시 어린애가 되어 엉엉 울었다.

갓난아기는 마치 무척추 동물처럼 흐물거리고 말랑했다. 푸딩 같은 아기가 깨어질까 조심스레 안고 나는 친정으로 돌아갔다. 친정에서 머문 한 달 동안 아버지는 아기를 안지도 않고 멀리서 바라만 보셨다. 그때 아버지가 무슨 생각을 했는지는 모르겠다. 나는 여전히 힘에 부쳤고, 엄마는 아기와 산모를 돌보느라 기진한 상태였다. 엄마와 나와 내 어린 딸. 이렇게 세 명의 여성이 서로만 바라보던 시간이었다. 아버지의 자리는 거기에 없었다.

타인처럼 아기를 낯설어하는 아버지, 식사 때만 쓱 나타나는 아버지가 좀 얄밉기도 했다. 기저귀라도 한번 갈아 주시면 좋으련만. 나는 몸이 아프고 엄마는 늙었는데 아버지는 원고 쓴다고 컴퓨터 방으로 도망가곤 하셨다. 게다가 아기는 손을 탔는지 배앓이를 하는지 밤낮없이 울어 대는 통에 나와 엄마는 죽을 맛이었다.

어느 날 나는 잠시 졸고 있었나 보다. 이제 애가 울 때가 되었는데, 이상하다. 이런 생각에 일어나 보니 자리에 아기가 없었다. 이게 무슨 일인가 화들짝 놀라고 있는데 어디선가 풍금 소리가 들렸다. 아버지의 작은 방에는 낡은 풍금이 한 대 놓여 있었다. 풍금 소리를 찾아 그 방에 가 보니 아버지가 나의 첫아기를 안고 풍금을 쳐 주고 있었다. 두 다리로는 풍금에 바람을 불어 넣어 가며, 한 손으로는 아기를 껴안고, 다른 손으로는 건반을 눌러 가며 자장가를 불러 주고 계셨던 것이다.

세상 예민하던 손녀는 그렇게 할아버지의 풍금 소리에

울지도 않고 가만히 안겨 있었다. 그 애가 태어난 지 30일이 채 되지 않았던 때였다. 아버지는 곱고 높은 목소리를 뽑아내어 첫 손주를 위한 첫 번째 공연을 하고 계셨다.

지친 딸이 조금이라도 더 잘 수 있도록 아버지는 칭얼거리는 아기를 안아 들었던 것이다. 잘못될까 무서워서 저 애를 안을 수 없다고 내내 도망 다니던 아버지셨다. 딸보다 사위를 더 많이 닮아 좀 섭섭해하던 아버지셨다. 그랬던 아버지가 아기에게 노래를 해 주면서 이런저런 말을 건네고 있었다.

할아버지의 노래도, 풍금 연주도 아기에게는 처음이었을 것이다. 그 처음을 지금 15살이 된 내 딸은 기억하지 못한다. 그렇지만 나는 그 순간을 죽을 때까지 잊을 수 없을 것 같다. 아버지의 풍금 소리는 내 딸에게만 향하는 것이 아니라 아버지의 딸을 위한 것이기도 했기 때문이다.

서울대학교 교수

언제부터 네가 서울대학교 기초교육원 교수로 학생들을
가르치는 사람이 되었는지는 잘 모르겠다. 아마도 박사
과정을 마치고 난 2014년부터가 아닌가 싶어. 공주에서
고등학교를 졸업하고 서울로 간 것이 1998년, 너의 나이
19세 때. 그로부터 오늘까지 서울서 산 것이 24년째.

이제는 공주 사람이었던 것은 철저히 과거형이고 서울
사람인 것이 현재형이란 얘기야. 더 정확하게 말한다면 네
가 서울로 대학을 들어간 것은 집을 떠난 일이고 또 서울
로 간 것은 서울대학교 안에서 살기 시작한 것을 말하지.
그러네. 공주 사람으로 산 것보다 서울 사람으로 산 날들
이 더욱 길었네.

어쨌든 너는 서울로 간 뒤로 한 해도 서울대학교 영역을

나만 아는 풀꽃 향기

벗어나지 않고 살았다고 볼 수 있다. 국문과 학부 과정 학생으로 들어가 석사 과정 대학원 학생이 되고 다시 박사 과정 대학원 학생이 되고 그사이에 국문과 유급 조교가 되어 잠시 교직원으로 근무하다가 이제는 기초교육원 교수가 되었으니 너야말로 진정한 의미에서 서울대학 사람이라고 할 거야.

네가 학생들을 가르치는 과목은 대학생들의 글쓰기 과목. 듣는 말로는 너더러 '갓민애'라고 학생들이 부른다고 그래. 학생들로부터 받는 지지와 인기를 말하는 것이고 강의 능력을 평가받는 말일 거야. 그런 강의 내용을 바탕 삼아 너는 『책 읽고 글쓰기』(2020, 서울문화사)란 책을 쓰기도 했지.

내 딸 민애야. 그동안 수고 많았다. 그만하면 됐다. 지금까지 힘들고 팍팍하게, 먼 길을 걸어왔으니 이제는 좀 천천히 쉬엄쉬엄 가도 좋겠어. 예전엔 말이야, 민애야. 어떻게 하든지 높은 자리에 올라가서 권력을 잡고 무슨 방법으로든 돈을 많이 벌고 또 유명한 사람이 되어 번쩍거리며 살아야 하는 줄 알았어. 그게 출세하는 길이고 이기는 길이고 최선의 길이라고 생각했어. 그런데 인생을 좀 길게 살고 보니 그게 아닌 거야.

중요한 건 자기 자신이야. 자기 자신의 만족이고 자기 자신의 행복이야. 누가 뭐라고 해도 그건 그래. 내 방식대로 곧이곧대로 말하라면, 절대로 속지 말고 속이지 말라고 말하고 싶어. 인생은 인생 그것 이상도 이하도 아니야. 인간은 어디까지나 자기 자신의 만족과 행복을 위해서 사는 존재야.

그러니 민애야, 지금껏 그랬던 것처럼 너 자신을 위해서 살고 너의 아이들과 남편을 위해서 살고 또 네가 가르치는 학생들을 위해서 살아라. 그렇게 하루하루 살다 보면 더 좋은 인생, 더욱 너그럽고 편안하고 따스하고 아름답고 환한 인생의 들판이 너에게 허락될 거야.

2017년 8월 11일, 백담사 만해마을에서.

나만 아는 풀꽃 향기

나는 지금 네가 사는 삶을 만족하고 만족한다. 너의 삶 그 자체를 사랑하고 응원한다. 그건 엄마도 그럴 거야. 네가 행복하면 엄마 아빠도 행복하지. 네가 서울대학교 학생 시절 엄마 아빠가 서울대학교 학생의 부모라는 자긍심으로 허리를 펴고 살았다면 이제는 네가 서울대학교 교수로서 학생들을 가르치는 사람, 나아가 학생들에게 가장 인기 있는 교수님이라는 사실에 만족하고 만족한다. 아니 기뻐한다. 그렇게 너는 어려서나 지금이나 부모에게 기쁨을 안겨 주는 딸이었단다.

꼭지 없는 차

네 살배기 겨우
말을 익혔을 때
엄마 나 이담에 시집 가
꼭지 없는 차 타고
집에 올 거야
입버릇처럼 말했는데
그 딸아이 어른 되어
시집 가 아이
둘 낳은 엄마 되고
공부하여 대학교 선생님 된 다음
마흔 살도 넘어
비로소 꼭지 없는 차 타고
공주로 문학 강연하러 오는 길에
집에 들린다 한다
저의 엄마 아침부터

나만 아는 풀꽃 향기

마음이 들떠

아이에게 해 줄 밥을

준비하면서

우리 딸아이 오늘

자가용 몰고 집에 온대요

상기된 낯빛으로 말하는데

그 얼굴이 또 주름진 대로

활짝 핀

여름 대낮 함박꽃이었다.

많이 보고 싶겠지만

민애야, 아주 아주 오래전 일이야. 1993년의 일이니까 네가 중학교 2학년 다닐 때일 거야. 같은 시간대에 〈사랑을 위하여〉와 〈아들과 딸〉이란 주말연속극이 두 채널의 방송에서 각각 방영된 일이 있었지. 집에 티브이가 하나뿐이라서 하나의 방송을 보면 다른 하나는 보지 못하게 되어 있었지. 그래서 식구들끼리 서로 자기가 좋아하는 연속극을 보려고 했어.

〈사랑을 위하여〉는 사랑하는 남녀 간의 이별과 만남을 다루고 있었고, 〈아들과 딸〉은 가족끼리의 갈등과 사랑을 다루고 있었지. 그런데 우리 가족 네 사람이 딱 두 갈래로 갈리는 거야. 너와 나는 〈사랑을 위하여〉를 원했고, 너희 엄마와 오빠는 〈아들과 딸〉을 선택했지. 그만큼 너와 아빠

나만 아는 풀꽃 향기

가 감정의 결이 같았던 거야.

말하자면 감정의 동지였던 셈이지. 너와 내가 연속극에 몰입하여 훌쩍거리기 시작하면 너희 엄마는 옆에서 '저건 다 거짓말이야'라고 약을 올려 주곤 했지. 너와 내가 같은 걸 보았고 같은 걸 느꼈고 같은 걸 즐겼고 같은 걸 기뻐하고 또 슬퍼했다는 얘기지.

네가 문학을 전공하는 사람이 되고, 더구나 시를 비평하는 사람이 된 이후로는 아빠와 너는 문학의 연합군 같은 사람들이 되었지. 모르겠어. 너는 어떤지 몰라도 아빠는 같은 시 작품이나 책을 두고 너와 함께 전화 걸어 잠시 이야기 나누는 시간이 그럴 수 없이 행복하고 다행스럽게 느껴진단다.

비록 가난하고 병든 아빠고 엄마였지만 너와 너희 오빠를 자식으로 만나서 고맙고 행복했다. 물론 고생스럽고 힘든 고비가 없지 않았지만, 그로 해서 얻어지는 보람과 행복에 비길 수 있겠니? 젊은 시절 아빠는 너무나도 많은 일에 번잡스럽게 끌려다니며 살아야 했다. 핑계 같지만 그러느라고 너희들에게 충분하게 더 잘해 주지 못한 것을 미안스럽게 생각한다.

최소한의 아버지를 용서해라. 아니, 용납해 다오. 너도 이제는 40대 초반. 두 아이를 낳아서 기르는 어른이 되었으니 젊은 시절의 부족했던 부모의 마음을 조금쯤 추체험으로 이해해 줄 줄 믿는다. 언젠가는 우리가 세상에서 헤어지는 날이 올 것이다. 비록 그날이 온다고 하더라도 너무 힘들어하지는 말아라.

아버지는 지난 2007년에 한차례 죽음의 고비를 넘긴 사람이 아니냐. 그때는 그렇게도 죽기가 억울하고 싫었는데 이제는 하고 싶었던 많은 일을 이루고 또 많은 것들을 소비하고 나서 그런지 마음이 많이 가벼워졌단다. 그렇다고 지금 죽어도 좋다는 말은 아니야. 목숨 다하는 날까지 아빠는 아빠의 삶을 끝까지 최선을 다해서 살 거야.

여러 차례 한 말이지만 아빠는 만 나이 15세 때 가진 소원을 깜냥껏 잘 이루며 살았다고 봐. 시인이 되고 싶은 꿈. 좋은 여자와 만나 결혼해서 살고 싶은 꿈. 서천 사람이지만 공주에 와서 공주 사람으로 살고 싶은 꿈. 그 꿈들을 한시도 잊지 않고 살았던 날들이 참으로 좋았던 것 같아. 특히 시인으로 살았던 날들이 좋았어. 적어도 그래. 진정으로 좋은 시를 쓴 시인이라면 그가 지상에서 생명을 마친 이후에도 그는 그가 남긴 시로 해서 죽지 않고 영원히 사는 목숨이 된다고.

나만 아는 풀꽃 향기

아빠의 꿈이 너무 허황하고 컸었나? 그건 네가 쓰는 평론의 문장들도 그렇다고 봐. 정말로 좋은 문장이라면 주인의 품을 떠나서라도 오래도록 자생적으로 숨을 쉬며 살아가는 목숨이 되겠지. 글을 쓰는 사람들은 그것을 믿는 사람들이고 그것을 감히 꿈꾸는 사람들이 또 그것을 실천하는 사람들이라고 봐.

마지막으로 아빠가 쓴 「묘비명」이란 시를 여기 옮겨 보마. 묘비명은 묘비에 새기는 짧은 문장. '많이 보고 싶겠지만/조금만 참자' 결국은 '메멘토 모리(Memento mori)'를 말하는 거야. 메멘토 모리는 '자신의 죽음을 기억하라' 또

2021년 9월 5일, 나태주 풀꽃문학관 앞에서.

는 '너는 반드시 죽는다는 것을 기억하라' '네가 죽을 것을 기억하라'를 뜻하는 라틴어 문구라고 하지.

이담에 정말로 아빠가 죽어 땅속에 묻히고 그 앞에 조그만 빗돌에 이 문장을 새겼다고 봐. 누가 아빠의 무덤에 자주 찾아오겠니? 너와 너희 오빠야. 그날을 위해 내가 미리 말해 두는 것이지.

아빠 보고 싶어서 왔지? 그렇지만 조금만 참아라. 조금만 참고 기다리면 너희들도 나처럼 죽어서 땅에 묻히는 사람들이 될 것이다. 그러니 열심히 살아라. 선한 일을 하면서 살고 남들과 잘 어울리며 살아라. 그렇게 살아도 인생은 짧고 아쉬운 것이란다.

다시 한번 말하마. 최소한의 아버지, 미안하고 고마웠다. 너 때문에, 너희들 때문에 비천하고 병든 아버지였지만 세상에서 잠시 웃었고 마음이 놓였고 행복했었다. 안녕히. 잘 있거라. 사랑하고 또 사랑한다.

나만 아는 풀꽃 향기

프리지아

딸아이를 생각하며
꽃을 샀다

지금은 먼 곳에 있어
꽃을 받을 수 없는 그 아이

우리는 비탈길을 걸으면서
다리가 후들거렸지

딸아이 방에 꽃을 꽂아 본다
빈방이 화들짝
잠에서 깨어난다

봄이다
프리지아.

딸아이의 편지 한 장

해묵은 사진과 편지를 정리하다 보니 딸아이의 편지 한 장이 나왔다. 날짜가 기록되지 않아 언제 쓴 것인지 확실치가 않은 편지다. 문면$_{文面}$으로 미루어 보건대 서울로 올라와 대학을 나오고 대학원에 다닐 때쯤 보내온 편지겠지 싶다. 아마도 어버이날 같은 때나 생일 때 저의 엄마나 나에게 선물을 사서 우편으로 보내며 급히 쓴 편지 같았다. 한 장의 종이를 양분하여 나한테 쓰고 저의 엄마에게도 썼다.

　무릇 편지에는 말로서 사람이 직접 표현하기 어려운 마음의 얼룩이 스며 있다. 그러므로 편지를 보다 솔직한 마음의 표현이라 할 수도 있겠다. 나는 지금껏 살아오면서 내가 받은 편지 가운데 한 장도 버리지 않고 보관하고 있는 사람이다. 그것도 하나의 취미였을까. 월남에서 군대 생활을 할 때도 귀국 박스에 제일 소중히 간직해 온 것이 편지들이었으니 나의 편지 집착증은 알아줄 만하다 하겠다. 그래서 내게는 아주 많은 문인들의 육필 편지가 모여 있다. 다행히 딸아이가 국문학을 전공하므로 언젠가 필요한 시기가 오면 그 편지들을 딸아이에게 물려줄까 생각 중이다.

오랜 세월이 지나서 편지를 다시 읽어 보면 참으로 새로운, 그리고 묘한 느낌을 가질 수 있다. 정말 이랬었나 싶은 생각으로 자기의 일들조차 남의 일만 같고 가물가물 오래된 자기의 기억을 의심하게도 된다. 편지 속에는 지나간 날들의 일들이 고스

1998년 2월 6일,
서울대학교 정문 앞에서.

란히 담겨 있다. 감정이며 분위기까지 들어 있다. 편지를 통해 우리는 잊고 살았던 그 어떤 시절의 감흥을 되찾기도 한다.

내가 이렇듯 편지를 없애지 않고 보관하는 습관으로 크게 한번 편지를 유용하게 써먹은 일이 있다. 10년도 훨씬 이전, 1995년 나의 부모님이 똑같이 고희古稀를 맞는 해였다. 무언가 특별한 일을 한 가지 해 드리고 싶었지만 묘책이 떠오르지 않았다. 가족 문집이라도 한 권 내 드리고 싶어 형제들에게 제안해 보았지만 한결같이 글을 쓰기 어렵다는 반응을 보였다. 궁리 끝에 나는 내가 지금까지 받은 아버지와 어머니의 편지와 또 내가 쓴 시 가운데 부모님을 소재로 한 작품들을 묶어 한 권의 책으로 내 드리기로 했다. 편지를 챙겨 보니 원고의 분량이 책 한 권으로 충분했다. 『하늘에 해와 달이 하나이듯이』. 그때 내 드린 서한문집의 이름이다.

내가 받은 딸아이의 편지글도 세월이 지나고 보면 귀중한 자료가 될 것이다. 특히, 나와 저의 엄마가 지상에서 사라진 뒤, 딸아이 자신도 나이가 들어 제가 어렸을 때 부모에게 보낸 편지를 다시 읽게 된다면 그야말로 그 감회가 자못 새로울 것이다. 그 감회를 위하여 여기 딸아이의 짧지만 간절하고 귀여운 편지를 옮겨 적으면 이러하다.

나만 아는 풀꽃 향기

To. 아빠

전화 안 받는 거 보니까 엄마랑 병원 갔나 봐.

아프지 마, 오래 살아, 그래야 나랑 여행 가지.

쿠키랑 초콜릿, 엄마 주지 말고 환자가 다 드세요.

대신 엄마 속 좀 썩이지 마.

엄마 없으면 아빠 어떻게 해. 큰일 나.

엄마한테 아빠가 하고 싶은 대로 하지 말고

엄마가 좋아할 일만 해.

—딸내미

To. 엄마

아빠 아마 죽을 때까지 철 안 들 거야.

그러니까 그러려니 생각해.

선크림 아끼지 말고 팔이랑 목에도 다 바르고 다녀.

그거 올해 지나면 버려야 되는 거야.

또 사 줄게.

어제 백화점 가서 엄마랑 쇼핑하는 애들 보고

엄마 생각했어.

난 아직도 껌이랑 바나나랑 딸기를 보면 가슴 아파.

엄마 건강해야 해. (살 빼고^-^)

—딸내미

_나태주 산문집 『꽃을 던지다』(2008, 고요아침)에 수록.

딸에게—사람 관리

'관리'란 말은 '물건이나 일을 맡아서 처리한다'는 뜻이다. 그런 관리란 말에다가 사람이란 말을 붙여서 '사람 관리'라고 하면 조금은 거부감을 느낄지 모른다. 그러나 그렇게 민감하게 받아들일 일은 아니다. 어차피 우리는 사람과 사람 사이에서 살아야 하는 사회적 존재이기 때문에 물건이나 일을 관리하듯이 객관적이고 차갑게 관리해서는 안 되겠지만 사람을 관리 대상으로 삼아도 그다지 나쁘지 않을 듯싶다. 어쩌면 이 말은 인간관계를 잘 보살피고 챙긴다는 말의 약자일지도 모른다.

어쨌든 사람 관리. 사람이 한평생 살아가는 데에 인간과 인간의 관계 설정은 매우 중요하다. 그것이 잘될 때 일도 잘 풀리고 세상살이 또한 수월할 것이다. 어쩌면 우리들의 하루하루는

이 인간 관리, 즉 인간관계 속에서 촘촘하게 짜여지는 그물망과 같은 것이다. 정말로 사람 관리는 중요하고 또 중요하다.

사람 관리는 사람을 소중히 여기고 사람을 함부로 대하지 않는 데서 출발한다. 그것은 나이가 어리거나 사회적 지위가 낮거나 경제 사정이 안 좋은 사람도 마찬가지다. 그다음으로는 작은 일을 함부로 하지 않는다는 것이다. 오가는 인사, 말 한 마디, 편지 한 장, 메모나 이메일, 메시지 하나라도 함부로 처리하지 않고 소중히 간직하고 처리하는 데 그 기본이 있다. 그리고 나 아닌 다른 사람, 즉 타인을 끝까지 잘 챙겨 주는 데 있다. 특히 작은 일을 잘 챙겨 줌이 중요하다. 누구든 챙겨 주면 고마워하고 그것을 오래 잊지 못하는 법이다.

2007년 10월 30일, 충남 보령으로 야유회 갔을 때.

나만 아는 풀꽃 향기

사람 관리의 대상은 참으로 넓고도 많다. 가족, 친지, 친구, 이웃, 스승, 제자, 선배나 후배, 직장 동료, 지역사회에서 만나는 사람들, 어쩌다 스쳐 지나며 만나는 사람들, 낯선 여행지에서 만나는 사람들까지……. 그들을 참으로 좋은 인생의 반려와 동반자로 삼을 때 우리의 날들 하루하루는 매우 반짝이며 활력 있는 날들이 될 것이다. 어찌 좋은 것, 의미 있는 것을 멀리서 높은 데서만 찾겠느냐. 네 가까운 곳, 일상적인 곳에 네가 바라고 꿈꾸는 것들이 숨어 있음을 알아라. 그들은 모두 우리의 관심과 사랑을 기다리고 있다. 우리는 그들을 기꺼이 받아들여 사랑하고 섬기고 함께 고마워하고 기뻐하면 되는 것이다.

사람과 사람 사이에 인생의 아름다운 길이 열린다. 사람과 사람의 만남 속에 사랑이 있고 기쁨이 있고 고마움이 있다. 딸아. 늘 너와 함께 몸 부대끼며 살아가는 사람들이 너의 인생의 동반자이고 가장 좋은 동료이며 스승이며 친구이며 연인이다. 일찍이 톨스토이 같은 러시아 소설가는 세상에서 가장 소중한 것 세 가지를 이렇게 말해 주었다. 첫째가 지금 여기. 둘째가 옆에 있는 사람. 셋째는 그 사람에게 잘해 주는 것.

아, 그러나 나는 이런 좋은 말을 너무 늦은 나이에 알았지 뭐냐. 늦은 때가 또 가장 좋은 때이고 이른 때라는 말도 있다. 지금부터라도 시작할 일이다. 지금부터라도 감사할 일이다. 이것은 늘 나에게 들려주는 말이란다. 인생은 이렇게 인간과 인간 사이에서 피어나는 향기로운 꽃과 같은 것이었구나.

_나태주 산문집 『날마다 이 세상 첫날처럼』(2014, 푸른길)에 수록.

딸에게

딸아. 예전엔 그래도 가끔 너에게 편지를 썼는데 요즘엔 통 그러지 못했구나. 날마다 번잡한 일에 밀리기도 하지만 직접 만나 이야기하거나 전화나 핸드폰 문자 메시지로 의사소통을 하게 되니 굳이 편지글이란 형식을 빌릴 필요성을 느끼지 않았겠지. 그래도 중요한 것들, 마음의 이야기, 특히 감정적인 내용들은 글로써 남기는 것이 지속성도 있고 유리할 것 같아서 정말로 모처럼 너에게 글을 쓴다.

실상 글이란 것은 읽어야 할 특정한 상대방이 있다 해도 우선은 글을 쓰는 사람 자신을 위해서 쓰는 것이다. 글을 쓰면서 스스로 마음을 정리하거나(내려놓거나) 다잡거나(결심하거나) 그러기 위해서 쓴다. 그러니까 글의 일차적 효용이 글을 쓰는 자신에게 있고 가장 우선적인 수혜자가 자신이라는 것이지. 나는 나 자신을 위해서도 이 글을 쓴다.

딸아. 아주 오래전 네가 우리에게로 왔을 때 우리 집은 매우 가난했고 우리 가족의 삶은 곤궁했다. 그렇지만 너는 어려서부터 예뻤고 영특했으며 부모의 말을 잘 들었고 학교생활도 잘했고 공부 또한 다른 아이들한테 뒤지지 않게 잘했다. 그래서 너는 엄마 아빠의 기쁨의 원천이었고 자랑의 1번 항목이었다. 마음속으로 '우리 딸이 누군데!' 그런 긍지 같은 것을 심어 주기에 충분했다.

엄마는 그러한 너를 생각하거나 바라볼 때마다 마음이 간질간질하다고 표현하곤 했단다. 그러니까 감정 상태가 감각 상태로까지 바뀐 것이지. 그런 마음은 아빠도 마찬가지였단다. 네가 있어서 나는 세상의 그 어떤 예쁜 여자를 보아도 예쁘다는 생각을 하지 않았고 그 어떤 꽃을 보아도 너보다는 또 예쁘다고 생각하지 않았지. 그야말로 너는 사람 너머의 사람이었고 꽃 너머의 꽃이었다.

그래 나에게도 이런 딸이 있다, 그런 생각을 하면 살아가기 힘든 날에도 용기가 생겼고 가슴이 펴졌고 다리에 힘이 주어졌다. 정말로 우리에게 네가 없었다면 세상은 얼마나 썰렁하고 적막하고 답답한 세상이었을까. 너로 하여 나의 세상은 무채색 세상에서 유채색 세상으로 바뀌는 세상이 된단다. 실상 딸도 이 세상 이성 가운데 한 사람이지. 그렇지만 딸은 보통 이성과는 또 다른 이성이라 볼 수 있고 이성 너머의 이성이라고 할 수 있지. 바라만 보고 생각만 해도 좋은 이성.

딸아. 너를 생각기만 하면 가슴속에 끝없이 흐르는 그 어떠한 미지의 강물 같은 것을 느낀단다. 한 번도 가 보지 않은 나라의 하늘을 꿈꾸고 그 하늘의 별들이며 구름을 또한 내 것으로 할 수 있단다. 이것은 살아 있는 목숨의 축복. 딸을 통해서 아버지 된 사람들은 진정한 부성父性의 의미를 깨닫는다고 본다. 이 얼마나 고마운 일이겠느냐.

딸아. 맨발로 거실을 지나는 여자라 해도 너의 맨발과 너희 엄마의 맨발은 영판 다른 맨발이란다. 너희 엄마의 맨발은 그냥 사람의 맨발이고 아낙네의 맨발이지만 너의 맨발은 세상에는 다시 없는 어여쁜 맨발이고 꽃송이 같은 맨발이란다. 세상이 바다라면 그 바다 위에 떠서 흐르는 흰 구름 같은 맨발이고 또 그것이 자그만 호수라면 호수 위에 뿌리 내리고 피어난 수련 꽃송이 같은 맨발이란다.

실상 딸은 누구나 아빠 된 사람에게 현실이 아니고 하나의 환상이며 동경 같은 존재. 이제 너도 자랄 만큼 자라 성인이 되고 좋은 사람 만나 아내가 되고 이미 엄마가 된 지 오래구나. 공부 또한 하고 싶은 만큼 하여 대학에서 학생들을 가르치는 선생님이 되었구나. 그만큼 세월이 흐른 것인데 흘러간 세월 뒤에 감사한 마음과 다행스런 마음이 겹치는구나.

아빠 또한 시 쓰는 사람으로서 모국어로 수없이 많은 시를 썼고 100권도 넘는 책을 내었으니 여한이 없는 인생이라 할 수 있을 것이다. 나이도 이제는 예부터 드문 나이라는 70을 넘겼으니 세상에 남을 날이 많지 않음을 느낀다. 언젠가 몸과 마음의 끈을 놓으면 이 세상을 떠나는 사람이 될 것이다. 생자필멸

2018년 1월 20일, 나태주 시선집 『꽃을 보듯 너를 본다』 10만 부 돌파 기념식장에서 인사하는 민애.

나만 아는 풀꽃 향기

이라 했으니 그것은 누구도 피할 수 없는 일.

비록 그날이 온다 해도 딸아, 너무 슬퍼하지 말고 힘들어 하지 말아라. 아빠에게는 아주 많은 양의 시가 있으니 아빠 대신 시들이 세상에 살아남아 숨 쉴 것이며 네가 있으니 또 너를 통해서 아빠는 여전히 세상에 살아 있는 사람이 될 것이다. 부모와 자식이 무엇이겠느냐. 자식은 부모의 몸과 마음의 일부를 이어받아 부모 대신 계속해서 살아가는 사람으로서 자식이란다.

그렇지만 살아가다가 정말로 힘든 날이 있거든, 숨이 막힐 것 같은 날이 있거든 잠시 하늘을 올려다보아 다오. 어두운 밤하늘 빛나는 별빛 속에 너를 위해 손을 모으는 아빠의 마음과 기도가 있을 거라고 생각해 다오. 또 밝은 날 길을 가다가 만나는 새소리 하나, 길가에 피어 있는 풀꽃 한 송이 속에도 아빠의 마음은 살아 있을 것이다. 그때 아빠를 가슴으로 맞아 떠올려 다오.

인생은 누구에게나 힘들고 고달픈 것. 고난의 날들이 번갈아 오기도 하는 것. 그러기에 서로의 위로가 필요하다. 도움이 필요하다. 아무리 힘든 날이라도 나보다 더 힘든 사람이 있을 것이라고 생각하거나 내 곁에 누군가가 함께 가는 사람이 있다고 생각하면 조금은 그 힘겨움과 고달픔은 가벼워질 것이다. 딸아. 어떠한 순간에도 네 곁에 아빠가 있고 엄마가 있다는 것을 잊지 말아라. 딸아. 고달픈 인생길, 끝까지 우리 함께 견디자.

나태주 산문집『혼자서도 꽃인 너에게』(2017, 푸른길)에 수록.

나만 아는 풀꽃 향기

눈을 감는다

공주에서 서울은 북쪽
네가 사는 서울은 북쪽
북쪽을 바라보면
오로지 너의 생각

잘 있겠지
잘 있을 거야
어려서도 너는 아빠의 꿈
자라서도 너는 아빠의 자랑

말하지 않는 말까지
들어 줄 줄 아이
하나밖에 없는 딸
하나밖에 없는 영혼의 도반

잘 있겠지

잘 있을 거야

북쪽 하늘 보면서 나는

잠시 눈을 감는다.

나만 아는 풀꽃 향기

부록

아버지가 보낸 편지
딸이 보낸 편지

일러두기
• 부록에 수록된 편지는 작가의 표현을 최대한 살려 편집하였습니다.

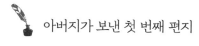

아버지가 보낸 첫 번째 편지

민애에게 몇 자 쓴다.

너의 전화 받고 오빠의 전화 여러 통 받고서도 엄마 아빠는 너희들 얘기로 밤 깊도록 앉았다가…… 엄마는 안방 침대로 자러 가고 아빠는 피곤한데도 도저히 잠이 오지 않아 거실 바닥 이불에 배를 깔고 누워 너에게 몇 자 편지를 쓴다. 물론 오빠에게는 이미 여러 장의 편지를 썼고…… 유행가, 흘러간 옛 유행가 가사에 속에 (아마 〈청춘고백〉이란 노래일 거다) '만나 보면 시들하고 헤어지면 그리웁고…… 몹쓸 건 이 내 청춘'이란 부분이 있단다. 꼭 내가 그런 기분이란다. 멀리서 아주 멀리서 고생하고 온 녀석한테 왜 그렇게 모질게 했을까……. 또 그 녀석은 그렇게도 엉성하고 눈치코치도 없이 그랬을까……. 그야말로 모든 게 야속할 뿐이다. 엄마 아빠는 요즘 정서적으로 참 불안정한 것 같다. 아마 늙은 증거가 이렇게 나타나는가 보다. 특히 아빠가 더욱 그래…….

그러나 지금껏 어찌어찌 되었으니 잘되어질 것으로 믿고 기다려 보련다.

한 가지 네게 할 말이 있구나. 오빠가 한 말 '민애에게도 섭섭하다'란 말은 너도 좀 새겨들을 필요가 있다고 생각한다. 실은 네가 너무 많이 변했어. 좋은 쪽으로는 발전이고 성장이요, 성숙이겠지. 나쁜 쪽으로라면 그것이 변질이다. 물론 아빠는 좋은 쪽으로의 변화라고 믿고 싶다. 해도, 네가 가진 네 본연의 순결성과 고결성을 잃지 말아 주기 바란다.

동급생끼리 상급생한테…… 또 남자 친구들한테…… 그리고 교수님들한테도 눈살 찌푸려지거나 실망시키는 일을 하지 말기를 바란다. 여러 교수님들한테 당초에 보인 깨끗한 이미지를 흐리게 하면 안 되는 거야. 물론 너는 영리하니까 충분히 애비의 말을 알아들을 수 있을 것이요, 또 이미 그렇게 하리라 믿는다. 허나 민애야, 사람은 좋아지고 높아질수록 겸손해지려고 노력할 필요가 있단다. 마음의 등불로 밝게 네 자신의 마음을 언제나 잘 밝히면서 학교생활에 임해 주기 바란다. 건강하거라. 안녕을…….

1998년 10월 16일, 애비 나태주 씀.

(애비가 이제, 근심과 잔소리만 더 늘었구나)

🖇 너희 둘이 있을 땐 집 안이 꽉 찬 것 같았는데 너희들이 가고 나니 집 안이 텅 빈 것만 같구나.

아버지가 보낸 두 번째 편지

민애에게 쓴다.

어제 저녁에 편지를 쓰려다가 아무래도 피곤하고 또 정신도 흐려 있어서 우선 잠을 자고 아침에 일어나서 몇 자 너에게 편지를 쓴다. 아빠는 그러니까 지난 토요일 홍성에서 열린 충남 문인들의 행사에 갔다가 밤늦도록 술을 마시고 거기서 잠을 자고 일요일 집으로 돌아와 모처럼 시집 출간 때문에 찾아온 임석순 씨(시인)를 만나고 그와 또 몇 잔 술을 마시면서 일요일을 보냈단다. 그러면서 네 생각을 주로 많이 하고 군에 있는 오빠 생각도 했단다. 아빠가 너무 감상적이고 너무 심약해서 그런지 모르지만 너희들을 생각하기만 하면 마음이 쩌릿하는 느낌을 받는단다. 그래, 아빠는 밥을 먹을 때마다 참으로 이기적이게도 우선 아빠

나만 아는 풀꽃 향기

자신을 위해서 기도하고 너와 너희 오빠를 위해 기도한단
다. 건강한 몸과 마음일 수 있게 해 달라고. 낯설고 험한
세상에 실족치 말게 해 달라고(발을 헛디디지 않게 해 달라
고) 기도한단다.

우선 네가 기숙사 추첨에서 낙방한 것. 좀은 실망스런 일
이지. 또 다시 이야기해서 어떻게 해 보겠다고 말해 주는
사람 있는 것 다행스런 일이기도 하지. 그러나 민애야. 기
숙사에서 2학년 때 살지 못하게 된 것 그다지 크게 실망하
거나 힘들게 생각할 일이 아니야. 또 돈 걱정 너무 많이 할
필요도 없어. 네가 방을 하나 얻고 거기서 지낼 만한 돈은
엄마 아빠가 대어 주마. 어려서부터 돈이 많지 않아서 늘
쪼들리면서 너희들 힘들게 자라게 했는데 대학 다니면서
까지 그만한 돈이 없어 마음고생 몸 고생 하게 해서야 애
비 엄마 노릇 했다고 하겠느냐. 돈 걱정 학생이 너무 많이
하는 것 아니란다. 젊은 시절 돈에 대해서 너무 신경 쓰면
정신이 혼미한 사람이 되고 자기가 하고 싶은 일을 하지
못하게 된단다.

두 번째로 네가 계단에서 넘어진 일, 무척 놀랍고 마음 아
픈 일이구나. 늘 조심하고 다니라고 했는데 그때 네가 딴
생각 골똘히 해서 그렇게 되었겠구나. 길을 다닐 때는, 더

욱이나 계단을 오르내릴 때는 정신 똑바로 차리고 딴생각
하지 않도록 주의하려무나. 또 이담에 구두를 살 때는 될
수록 발이 편하고 굽이 낮은 걸로 사도록 하려무나. (랜드
로바 같은 구두로)

생각해 보니 아빠가 네게 너무 많은 것을 바라고 있었던
것 같구나. 내가 또 너무 어른 취급을 했던 것 같구나. 아
빠도 생각을 고치도록 할 테니 너도 스스로 반성토록 하
여라. 너는 아직 완전한 성인이 아니야. 앞으로 충분한 가
능성은 있지만 여러모로 많이 부족하고 미숙하기도 하지.
이 점 잘 생각하고 모든 일에 신중을 기해서 하도록 하려
무나. 똑똑하고 현명한 사람은 상대방이 말하지 않은 것까
지 잘 깨달아 생각하고 느끼고 또 실천하는 사람이란다.
너는 충분히 현명하고 똑똑한 아이니까 아빠가 무슨 말을
하고 싶은지 잘 알아들을 거야. 그러나 오버센스(넘겨짚는
일)는 하지 않도록 해라. 아빠는 그저 네가 보람 있고 아름
답고 빛나는 삶을 살기를 바랄 뿐이고 그것이 아빠에게
허락된 아주 좋은(최상의) 기쁨이라고 여긴단다.

아빠는 요즘 많은 생각을 했단다(이 점에 있어선 엄마도 마
찬가지일 거야). 우선 교장 연수를 받은 일, 정년이 줄어든
일들이 아빠로 하여금 그렇게 하도록 만들어 주었지.

나만 아는 풀꽃 향기

아무래도 아빠는 욕심이 지나치게 많았던 사람 같아. 그래, 욕심을 줄여야겠다는 생각을 했지. 하는 일을 줄이고 만나는 사람을 줄이고 또 너희들에게 거는 기대 또한 줄이기로 했단다. 물론 금방 순식간으로 그게 가능하지는 않을 거지만 노력해 볼 생각이야. 그렇지 않고서는 아빠가 견뎌 내기 어려워. 무조건 편하게 생각할 일은 아니지만 너도 편하게 긍정적으로 생각하려무나. 부디 보람 있고 또 아름다운 하루하루를 살기 바란다. 학교 공부도 벅찬데 아빠에게 따로 편지 쓸 필요는 없다. 아무래도 이렇게 편지라도 쓰지 않으면 아빠의 마음을 전할 수 없을 것 같아서 이 편지 썼을 뿐이야. 아무래도 아빠는 나약하고 심약한 서정시인인 모양이다.

자, 우리 마음을 보다 강하게 가지자꾸나. 이제 시계가(왜 있지 않니? 엄마 밥 하러 나오기 위해 6시에 맞추어 놓은 사과 반쪽 모양의 자명종 시계) 6시를 울렸구나. 머잖아 오늘도 새로운 해가 떠오를 거야. 날마다 날마다 새로운 마음으로 새로운 날들을 살아가자꾸나. 건강하거라. 안녕히.

　1998년 12월 7일 아침 7시 8분, 공주에서 아빠 나태주 씀.

  넘어지는 날이 있으면 바로 서는 날이 있고

흐린 날이 있으면 맑은 날도 있게 마련,

그것이 우리네 인간이 사는 세상이 아니겠니…….

나만 아는 풀꽃 향기

아버지가 보낸 세 번째 편지

민애에게 또 쓰는 편지.

쓰려고 하니 자주 쓰는구나.

실은 지난번 너희들이 집에 왔을 때 찍은 사진이 있기에 부치면서 쓰는 편지다.

좀은 살벌한(정답지 못한) 만남이었지만 사진 속에서는 아름답게 남아 있구나.

네가 전화로 말한 학생회장 선거 운동원으로 나가는 거 학점까지 포기하면서 꼭 그래야 되는지 잘은 모르겠구나. 이런 땐 조남현 교수를 만나 뵙고 의견 들어 보도록 하려무나. 그분은 자기 딸같이 바르고 확실하게 안내·상담해 주실 것이다. 이런 애비의 말 늙은이의 잔소리라고 여기지 말아라.

험악한 비유다만 '사람을 죽여 보고 나서 생명의 귀중함을 깨닫는 사람'은 분명코 지혜로운 사람이 아니란다.

이곳 날씨도 퍽이나 추워졌구나.

끼니 거르지 말고 옷도 튼튼히 입고 다니거라. 애비는 늘 스스로는 실수하면서 자식인 네게는 또 잔망스럽게 걱정하고 타이르려 드는구나.

1998년 10월 19일, 나태주 씀.

나만 아는 풀꽃 향기

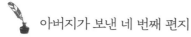 아버지가 보낸 네 번째 편지

민애에게 몇 자 쓴다.

아빠는 너랑 지하철 정류장(종로3가)에서 헤어져 고속버스터미널까지 지하철로 와서 또 마침 밤 9시 20분 우등고속버스가 있어서 그걸 타고서 무사히 잘 내려올 수가 있었구나. 고속버스에서 내려서는 또 시내버스가 끝난 줄알면서 강변길로 걸어서 또 큰 다리를 걸어서 옥룡동까지와서 택시를 타고 집에 왔구나. 오면서 오면서 생각해 보니 아빠는 버릴 만큼 버렸다고 생각은 하면서도 너무나버릴 것이 많다는 생각을 했단다. 시인이란 세상에 대한욕심을 버리고 바람처럼 구름처럼 한세상을 살다 가야 하는 건데 그동안도 너무나 많은 욕심을 부리며 살았고 지금도 그렇게 살지 않나 하는 생각이 드는구나. 특히, 오늘

신경림 선생과 조남현 교수의 대산문학상을 축하해 드리기 위해 간 길이지만(그리고 너를 좀 만났으면 해서 겸사로 간 길이지만) 촌에 사는 사람이 너무 얼굴 팔고 다니는 건 아닌가 걱정스러웠단다. 다른 사람에게는 몰라도 네게는 (너의 눈에 비치기로는) 좀 더 당당하게 아름답게 그리고 깨끗한 모습으로 기억되고 싶은 게 아빠의 소망이란다. 생각해 보면 간혹 아빠는 욕심과 의욕을 혼동하면서 살지 않았나 싶구나. 실은 요즘 얼마간 초중등 교원들의 정년이 65세에서 60세로 줄어든다 해서 상당히 불만스럽기도 하고 당황스럽기도 한 게 사실이었단다. 그래, 생의 설계와 방향을 어떻게 조정하고 고쳐 나가야 할 것인지 막막하기도 했던 게 사실이란다.

현재 아빠 입장에서는 그래, 교직도 시원치 못하고 문학도 시원치 못하다는 게 솔직한 고백이야.

하기는 이 나이에 무언가 해 보겠다고 하는 것 자체가 무리수인지 모르겠구나. 그러나 민애야, 아빠는 다시 한번만 시인으로서 일어서서 좋은 작품을 쓰고 싶구나. 이대로는 너무나 섭섭하고 억울한 생각이야. 그래, 시집도 서울서 내 보고 싶고 서울의 평론가들로부터 평가도 받아 보고 싶단다. 그러나 이것이 부질없는 꿈인지 모르고 또 앞에서 말한 대로 버려야 할 줄 알면서도 아직 버리지 못한 욕심인지 모르겠구나.

하지만 민애야, 아빠는 욕심을 버릴망정 의욕까지 버리고는 싶지 않구나. 하는 데까지는 해 보고 견딜 데까지 견뎌 볼 생각이야. 아빠가 어린 너에게 별소리를 다 하는구나. 너도 할 수 있는 데까지는 열심히 너의 일을 해 주기 바란다. 아빠나 엄마는 이제 힘도 없고 희망도 없어……. 그저 하루하루 열심히 사는 것밖엔 없지. 그렇다고 아빠의 이런 말에 비관하지도 말고 너무 부담은 갖지 말아라. 너는 이미 너의 인생의 그림을 잘 그려 나가고 있는 거야. 그동안 네가 참고 견디면서 노력한 결과겠지만, 너는 앞으로 좋은 세상을 살게 될 거야. 서둘지 말고 게으르지 말고 차분히 너의 길을 가도록 하려무나. 중언부언 부질없는 말이 길었구나.

엠티 잘 마치고 돌아오기 바란다.

피곤해서 이만 자야겠구나. 안녕히…….

　　　　　　　　1998년 11월 28일 0시 38분, 아빠 나태주 씀.

🖇 참고로 시와 시학상 안내문을 동봉하니 잘 살펴서 그날 시상식장에 찾아가 이숭원 교수에게 꽃다발이라도 사서 드리고 축하 인사 해 주기 바란다. 나태주.

아버지가 보낸 다섯 번째 편지

민애에게 쓴다.

지금은 밤 12시 30분을 넘긴 시각. 초저녁잠에 잠깐 빠졌다가 깨어 이 글을 쓴다. 아마도 계룡면 내에 있는 두 학교 운동회에 가서 몇 잔 마신 술도 술이려니와 무심코 거푸 마신 커피 탓이 아닌가 싶다. 추석 명절을 맞아 네가 집에 와서 식구들이랑 함께 지내기 나흘. 하루나 이틀 함께 지낸 것보다 나흘이나 되니 날짜만큼이나 네 생각이 더욱 많이 나는구나. 엄마도 너를 보내고 한동안 네 생각을 골똘히 하는 눈치더라. 그래, 엄마 아빠는 마주 앉기만 하면 네 생각을 하고 너에 대한 얘기를 하지. 그래서 티각태각 의견 대립을 하고 조그만 말씨름도 벌이지. 모두가 네가 멀리 있는 그 공허감을 메꾸어 보려는 엉뚱한 노력이 아

나만 아는 풀꽃 향기

니겠니……. 솔직히 말해서 아빠는 네가 엄마나 아빠의 마음을 열어 주는 아이라 생각한다. 그건 예전에도 그러했고 지금도 그러하고 앞으로도 그럴 것이라고 생각한다. 세상 한가운데로 나아가서 열심히 뛰고 달리고 때로는 싸우기도 하는 너를 생각하면 저절로 없던 힘이 생기고 아빠도 열심히 살아야 되지 않겠나 싶은 용기도 생긴단다. 그렇다고 민애야, 너무 부모를 의식해서 살기 싫은 삶을 억지로 살 필요는 없어. 어디까지나 너의 삶은 너의 것이니까 네 뜻대로 살되 보람 있게 아름답게 살아야 할 일이겠지. 그러나 때로 아빠는 내가 하지 못한 일을 네가 해 주기를 바랄 때도 있지. 마치 할아버지가 아빠에게 그러셨던 것처럼. 하지만 이 말 또한 너무 마음에 깊이 담아 두지 말기 바란다. 이제 또 민애야. 너는 또 공부 속으로 친구들 속으로 세상의 심연 속으로 부리나케 달려가겠구나. 나는 네게서 한 번뿐인 지구에서의 삶을 아름다이 실로 아름다이 살아가는 사람의 모습을 본단다. 부디 객지에서는 건강한 몸이 보배이니 끼니 거르지 말고 이제 날씨도 점차 차가워지는 계절이니 감기 조심하거라. 그리고 엄마 생각나거든 손을 꺼내어 엄마가 정성들여 봉숭아 꽃물 들여 준 손톱을 들여다볼 일이며, 그래도 더욱 생각이 나거든 밤 버스라도 타고 집에 오기 바란다. 오늘은 이만 쓴다. 초벌로 후려 쓴 편지. 먹을 갈아 옮겨 쓰고 보니 두 시가 되었구나. 이젠 다시 자야겠구나.

1999년 9월 27일 새벽, 아빠 나태주 씀.

🖉 딸 민애에게.

세상에서 가장 강한 사람은 자기 자신을 이기는 사람이고 세상에서 가장 훌륭한 사람은 자기와의 약속을 지키는 사람이란다.

나만 아는 풀꽃 향기

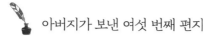

아버지가 보낸 여섯 번째 편지

민애에게.

언제나 그러하듯 엄마의 배웅을 받으며 20번 버스를 타고 20여 분, 버스를 타고 가다가 내려서 또 한 20분 정도 들길을 바짓가랑이에 이슬을 받으며 걸어서 학교까지 와, 이 글을 쓴다.

너희 엄마와 도롯가에 서서 버스를 기다리면서도 내내 너의 이야기만 했고 혼자 버스 타고, 그리고 걸어오면서 네 생각만 했거든.

실은 어제 연락 없이 네가 불쑥 집에 왔을 때 엄마도 당황했고 나도 조금은 놀랐단다. 네가 집에 온다고 하면 무언가 좀 준비를 하고 너를 맞아야 하는 건데 전혀 준비를 못했거든. 그러나 아무려면 어떠냐. 이런 땐 집이 그리워 가족이 보고 싶어 특히 엄마가 보고 싶어 찾아왔다는 것이 가장 중요하고 중요한 일이 아니겠니…….

나는 네가 집에 올 때마다 안방 침대에서 엄마와 함께 자면서 이런 저런 이야기를 나누는 것을 아주 좋은 일이라고 생각한다.

그런 때 여자끼리의 친애감이 길러지고 부모와 자식 간의 편안하면서도 돈독한 관계가 더욱 깊어질 것으로 믿어지기 때문이지.

그건 그렇고 민애야, 이제 릴케의 시에서처럼 위대한 여름은 갔고 하루 이틀의 남국의 따스한 햇살이 그리워지는 가을이 눈앞에 성큼 다가섰구나. 역시 가을은 수확과 사색과 방황의 계절이지. 지금까지 그러했듯이 이 가을에도 잘 지낼 수 있길 바라. 너야말로 전사戰士이지. 혼자서 세상의 한복판에 놓여 있는 징검다리를 힘겹게 건너가고 있는 모험가이지. 어쨌든 엄마와 아빠는 언제나 너를 믿는다. 너는 엄마의 여성다움과 아빠의 고집스러움을 빼다 박은 듯 골고루 닮은 아이야. 그래서 너는 인간관계는 엄마처럼 하고 싶어 하고 공부는 아빠처럼 하고 싶어 하는 아이지. 그래서 너는 인간관계든 공부의 문제든 골고루 성공하고 성취하고 싶어 하는 아이지. 다만 지나치게 뻗어 가는 성정性情

나만 아는 풀꽃 향기

을 잘 다스려 성찰하기 바란다. 그러면 네 마음속에서 네가 나아갈 바, 길이 열릴 것으로 믿어진다. 옛 어른들은 그러기에 일일삼성一日三省이라 하시기도 했거든. 하루에 세 번은 자신의 행동과 말과 생각을 돌아보는 기회를 가져야 한다는 의미의 말씀이지. 특히 너나 나같이 성벽性癖이 곧고 급한 사람에겐 더없이 좋은 가르침이지.

너는 엄마나 아빠에게 있어 크나큰 자랑이자 마음의 기둥이야. 살아가다가 힘들거나 마음이 좁아져서 답답하고 숨쉬기 힘들 때 너의 생각 떠올리면 절로 힘과 용기가 생기거든. 그건 이전에도 그러했고 앞으로도 그러할 거야. 민애야, 이제 9월⋯⋯. 아빠도 이적지 소망했던 대로 교장이 될 거야. 아빠도 서울에서 혼자 고군분투하는 너를 생각하면서 여러 가지 새롭고도 까다로운 일들을 잘 해내려고 노력하마. 너도 엄마 생각, 아빠 생각을 하면서 2학년 2학기의 대학 생활을 충실하게 잘 꾸려 나가길 바란다.

나는 네가 8월 말쯤 해서 집에 올 줄 알고 오늘내일이라도 학교 근처에 피어 있는 봉숭아 꽃잎을 따다가 냉장고에 넣어 두었다가 네가 오면 엄마와 함께 손톱에 지나간 여름의 흔적으로 봉숭아 꽃물을 들이라고 하려고 했단다. 하지만 그까짓 봉숭아 꽃물이 뭐 대수겠니⋯⋯. 그런 자발스

럽고 좀은 좀스럽지만 알록달록한 애비의 마음이나 네가
알아주었으면 좋겠다. 실지로 손톱에 들인 봉숭아 꽃물보
다 마음속에 들인 봉숭아 꽃물이 더 오래도록 아름답게
어여쁘게 남아 있는 게 아니겠니……. 서울 갈 때 차 조심
하고 집에 가서 끼니 거르지 말고 잠 잘 자고 공부 잘하기
바란다.

1999년 8월 24일, 아빠 나태주 씀.

나만 아는 풀꽃 향기

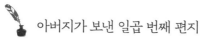
아버지가 보낸 일곱 번째 편지

민애에게.

고작 며칠 동안 머물다 간 집인데 집 안 구석구석에서 너의 향기가 묻어나는 듯하구나.

날 저물어 어스름이 찾아들 때 춥고 게다가 배까지 출출할 때 얼마나 집 생각 가족 생각, 따스한 방 하나가 그립겠니. 더구나 혼자 드르륵 음식점 문을 밀치고 들어가 음식을 청해서 먹는 밥상머리는 얼마나 청승맞게 쓸쓸하겠느냐. 생각해 보면 너를 너무 일찍 세상의 한복판으로 나아가게 한 듯하여 마음이 무거운 때 더러 있구나.

하지만 민애야, 너는 영악스런 데가 있고 현실의 문제를 당함에 있어 똑똑한 면이 있으니 그것 하나 안심이 되는구나. 네가 금학동 집을 나서서 갈 때 아파트 엘리베이터에 오르면서 천진하게 아주 천진하게 아빠 안녕이라고 인사할 때는 쏨벅 눈물이 다 나려고 했단다. 이런 심정은 너희 엄마도 마찬가지인 듯 네가 덮고 자던 침대의 이부자리를 정리하면서 연신 콧노래 비슷한 걸 소리 내어 부르더구나. 그래서 엄마와 나는 모처럼 충령탑 쪽으로 저녁 산책을 나가 늦도록 아주 늦도록까지 벤치에 앉아 이런저런 이야기를 나누다가 돌아왔단다. 그러면서 새삼 느끼게 되는 것은 너희 오빠와 네가 있기에 나이 들어 가면서 애비 에미의 삶이 서럽도록 아름답다는 점이란다. 이러다가 네가 정말 시집이라도 훌쩍 가 버리면 그 허전함을 어쩌겠느냐. 또 나중에 에미 애비가 세상을 떠나 버리고 만다면 너와 너의 오래비 그 빈자리를 무엇으로 메꾸겠느냐. 부디 객지에서 몸조심하고 마음 조심하고 지금 네가 하는 고생 네가 하는 공부가 네 평생의 밑거름이요 씨앗이란 걸 알아 정진, 정진하기를 바란다. 잘 있거라.

1999년 5월 3일, 아빠 나태주 씀.

나만 아는 풀꽃 향기

아버지가 보낸 여덟 번째 편지

민애에게 몇 마디 쓴다.

늘 전화로 서로 연락하고 생각을 주고받다가 편지로 이야기하려니 오히려 낯선 생각이 드는구나. 그러나 어떤 면에선 이렇게 편지로 이야기하는 것이 더 좋을 듯싶어서 편지를 쓴다. 참, 네게 편지를 쓴 것이 오래되었다는 생각이 든다.

어제 그러니까, 2월 14일 오후 네가 전화로 상의해 왔을 때 보다 친절하게 그리고 분명하게 답을 주지도 못하고 지혜로운 해결책을 전해 주지 못한 점을 우선 미안하게 생각한다.

하지만 네게 말한 두 가지 화두, 첫째 이 세상에 완전무결한 사람은 그 어디에도 없다는 말과 둘째 너에게도 결점이 있으니 곰곰이 생각해 보라는 말은 지금도 변함없는 나의 진심이고 여전히 유효한 말이다. 자식이 잘못되기를 바라는 부모가 어디 있겠느냐? 엄마 아빠 또한 세상의 모든 부모들처럼 너희 남매가 그저 잘되기만을 바라고 또 바라는 부모이지.

민애야. 너도 잘 알다시피 나는 너의 총명함과 단호한 성격을 무척 사랑한다. 어쩌면 그 두 가지 특성이 너를 오늘의 너로 성장시켰는지 모른다. 그러나 민애야. 아빠는 또한 그 두 가지 너의 특성을 걱정하지 않을 수 없구나.

더구나 너는 남자가 아니고 여자가 아니냐! 우리의 사회가 여성에게 점점 관대해지고 또 여성의 활동 무대와 능력 발휘 기회가 늘어나고 있다고는 하지만 그래도 세상은 여전히 남성 중심이고 여성에겐 많은 제약과 불리함이 있다는 것을 알아야 한다. 여자는 아무래도 다소곳한 점이 있어야 하고 참는 구석이 있어야 한다. 그렇지 않으면 살아가면서 마찰과 갈등이 생기게 되게 마련이지.

그리고 민애야. 세상의 일들은 최선책(베스트)보다는 차선책이 더 좋을 때가 있는 법이란다. 최선을 지향하되 차선에 만족하고 수긍할 수 있는 마음의 능력이 있어야 그런대로 행복한 삶을 살 수 있는 거란다.

나만 아는 풀꽃 향기

아빠의 특성이 꼭 너와 닮았는지, 그래서 좋기도 할 때가 있지만 나쁘기도 할 때가 있었지. 지금 와 생각해 보면 그래도 너희 아빠는 시골에 살았고 학력이 부족했고 또 생김새가 변변치 못하고 직장까지 보잘것없는 초등학교 선생이었던 점이 아빠의 부정적인 면(그러니까 총명하지만 경박하다든지 모질고 급한 성격 같은 점)을 많이 희석시키고 눌러 주었지 싶단다.

그런데 너는 아빠와 많이 다르지 않니? 사는 곳, 학력, 앞으로 가질 직업, 외모 같은 면에서 너를 견제해 주고 너를 붙잡아 줄 점이 없단 말이다. 이 점을 아빠는 많이 많이 걱정하고 염려하는 바이다. 더더구나 네가 남자가 아니라 여자란 점에서 특히 그러하다.

민애야, 다시 말하지만 자식을 사랑하지 아니하고 자식 잘되기를 바라지 않는 부모가 어디에 있겠느냐? 그런 점은 너희 엄마 아빠도 마찬가지다.

부디 아빠의 말을 허수히 듣지 말거라. 아빠도 참고 견디는 면이 많이 부족해서 지금까지 큰 불편함이 있었다. 하마터면 일을 그르치고 말 때, 그런 위기의 때도 있었지. 너도 앞으로 살아갈 때 조금씩 참으려고 노력하면서 살도록 하려무나. 더불어 겸손한 마음도 가지려고 노력하고 또 늘 최선만을 생각지 말고 차선에 만족할 줄 아는 마음의 여유도 가지려무나.

누가 보든지 너는 지금 베스트다. 허나 산의 정상에 섰을 때 더 나아갈 곳이 없어 절망하듯이 네가 가진 베스트란 것이 너를 힘들게 할지 모른다. 너무나 위만 보고 앞만 보지 말고 조금쯤은 아래도 보고 뒤도 살피면서 살아가기 바란다. 나이가 든다는 것. 어른이 된다는 것. 성숙한다는 것은 아래를 보고 뒤를 살핀다는 것인지(그럴 줄 아는 또 다른 마음의 능력이 생기는 것인지) 모르는 일이란다. 부디 아빠가 너를 사랑하지 않는다고 생각하지 말거라.

이 세상 그 누구보다 아빠는 너를 사랑하고 또 사랑한다. 그렇지만 네가 너무나 나와 닮았기에 너를 걱정하고 염려하는 것이다. 부디 마음 편히 가지거라. 아빠는 여전히 너를 신뢰하고 지지한다는 걸 알아주기 바란다.

잘 있거라. 이제 봄도 가까워졌구나.

2003년 2월 15일 새벽 5시 35분, 아빠 나태주 씀.

나만 아는 풀꽃 향기

아버지가 보낸 아홉 번째 편지

시집가는 딸에게

세월이 빨리 간다 그런 말 있었지요
강물같이 흘러간다 그런 말도 있었구요
우리 딸 어느새 자라 시집간다 그러네요

어려서 자랑 자랑 품 안에 안겨 들고
봄바람 산들바람 신록 같던 그 아이
이제는 제 배필 찾아 묵은 둥지 떠난대요

신랑도 좋은 청년 같은 학교 선배 사이
그동안 만나 보니 맑은 마음 바른 행동
멀리서 보기만 해도 미더웁고 든든해라

애들아 하루하루 작은 일이 소중하다
사랑은 마음속에 숨겨 놓은 난초 화분
서로가 살펴 주어야 예쁜 꽃이 핀단다

부모가 무엇을 더 바랄 것이 있겠나요
다만 그저 두 사람 복되게 잘 살기를
손 모아 빌고 싶어요 양보하며 살거라.

2004년 3월 16일.

나만 아는 풀꽃 향기

아버지가 보낸 열 번째 편지

민애에게 쓴다.

추운 날씨에 객지에서 얼마나 고생이 심하냐. 얼마 전에는 감기 몸살까지 심하게 앓았으니 힘들었겠구나.

그러나 그러고서 며칠 지나지 않아 네가 성적 잘 나왔다고 전화해 주어서 얼마나 기뻤는지 모른단다.

글쎄 너희 엄마는 눈물을 흘리면서 길고긴 기도(물론 감사 기도)를 드리지 뭐냐. 물론 아빠도 엄마 옆에서 따라서 기도를 드렸지만 말야.

하여튼 수고 많이 했고 애 많이 썼구나. 더구나 사대에 가서 교직 과목까지 이수하면서 그런 점수를 받았다니 놀라운 일이라 아니할 수 없구나.

이게 다 네가 너의 일에 최선을 다한 결과가 아니겠니? 앞으로도 경거망동하거나 교만하지 말고 지금껏 그래 왔던 것처럼 맑은 마음으로 세상을 대하고 사람과 책을 대해 주기 바란다. 그러노라면 좋은 일이 네 앞에서 기다려 줄 것으로 믿는다.

언제든지 사람은 자기에게 주어진 일에 최선을 다하고 결과에 대해선 겸허히 기다리는 태도가 중요해.

이런 때 하는 말이 진인사대천명盡人事待天命이지.

오빠는 요즘 아빠네 학교에 다니면서 아르바이트를 성실히 하면서 또 저녁 시간에는 도서관에 가서 공부하고 오곤 한다. 모두가 고마운 일이지 뭐냐. 모쪼록 객지에서 몸 조심하고 차 조심하고 밥 굶지 말고 잘 지내기 바란다. 집에 오고 싶거든 언제든지 오려무나.

2000년 1월 8일, 공주에서 아빠 나태주 씀.

나만 아는 풀꽃 향기

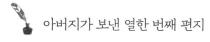
아버지가 보낸 열한 번째 편지

민애에게 쓴다.

이번에 네가 3박 4일로 공주에 머물다 가서 엄마나 아빠
는 즐거웠고 유익했다.

아, 내 딸이 벌써 시집을 가서 친정으로 휴가를 왔구나. 그
런 생각으로 해서 기쁘기도 하면서 애틋한 느낌도 없지
않았단다.

네가 다녀간 후로 너희 엄마는 심리적으로 많이 힘들어하
면서 여러 가지 일에 대해서 생각하는 것 같더라.

민애야. 만나서도 얘기한 바와 같이 가정의 화합과 평화가
가장 중요한 것이란다.

지금처럼 남편이랑 시댁 식구들이랑 최선을 다해서 구순
하게 지내도록 하려무나.

내가 알기로 너의 시댁 식구나 남편은 그만하면 원만하고 너에게 잘해 주시는 분들이다.

더 이상 큰 것을 바라거나 불평하지 말고 그만큼에서 만족하고 감사하며 살기 바란다.

시대는 바뀌어도 부부싸움의 대종은 ① 고부갈등, ② 육아·교육 문제, ③ 경제 문제, ④ 성격 차이 정도에서 맴돌기 마련이란다. 참고하기 바란다.

그리고 민애야. 다른 많은 것들도 중요하지만(결혼 생활, 가정생활, 직장 생활, 학문 연구) 그 바탕에 있는 것은 자기 자신의 건강과 안전이란 것을 잊지 않도록 해라. 다른 것들에 투자하고 헌신하는 것도 중요하지만, 너 자신을 관리하는 것도 중요하다는 얘기야.

첫째, 네 몸의 건강을 위해 투자하고 관심을 갖고 노력하라는 것이다. 둘째는 너의 젊음과 미모를 위해서도 믿거라 해서는 안 된다고 생각한다. 바쁘고 번거롭고 이것저것 할 일이 많지만 그래도 너 자신을 돌아보는 시간을 끝까지 지탱해야 된다는 것을 말하고 싶구나.

그리고 민애야, 이것은 아빠 경우지만 결혼 이전의 생활이나 공부나 노력이나 업적보다 결혼 이후의 그것들이 훨씬 중요하다는 얘기를 끝으로 해 주고 싶구나. 왜냐하면 결혼

이전은 인생의 준비 시간, 오픈게임과 같은 것이고 결혼 이후의 삶이 본 경기나 같은 것이기 때문이란다.

너희는 둘 다 현명하고 유능한 사람들이니까 상호 협조하고 양보하고 이해하고 조절해서 아름다운 인생, 성공적인 삶을 살도록 노력할 줄 믿는다.

마침 너에게 편지를 쓰고 있는데 너한테서 전화가 왔지 뭐냐? 아무래도 마음이 통했구나 싶은 생각이란다. 운동을 마치고 집으로 가는 길이라니 듣기 반가웠다. 과연 내 딸이구나 싶은 그런 생각을 했단다.

더위에 몸조심하고 작은 일에 지나치게 마음 상하지 말고 편안한 마음으로 잘 지내기 바란다. 지어간 약, 정성껏 먹고 효과 있기 바라며 생각나거든 언제든 집에 다녀가기 바란다.

2005년 7월 15일 밤, 아빠 나태주 씀.

아버지가 보낸 열두 번째 편지

민애에게.

2005년 잘 살았으니 2006년도 역시 잘 살기 바란다. 무엇보다 몸의 건강과 마음의 안정(평화)이 중요하지 않을까 싶다. 새해가 되어 김을 보낸다. 네 것이 2톳, 권영민 교수, 조남현 교수, 신범순 교수, 그리고 지도교수이신 오세영 선생 것이 각각 2톳씩이니 챙겨서 가지고 가 인사하고 드리도록 해라.

가난한 시인 아빠의 새해 인사라 말씀도 전해라. 성우하고도 정답게 지내는 모습이 멀리서도 두루 보기 좋구나. 이건 엄마나 아빠나 같은 생각, 같은 느낌이란다. 건강해라. 모든 일에 무리하지 않기를 바란다.

나만 아는 풀꽃 향기

2005 12월 29일, 아빠 나태주 씀.

📎 바닥에 깔아서 함께 보내는 비닐 포장 김은 선물로 들어온
것인데 햇김이라 맛있어서 보내니 네가 먹도록 해라.

아버지가 보낸 열세 번째 편지

사위 최성우에게 난초를 보내며

지난번 보낸 난초 꽃이 이미 졌을 거야
새로이 추란 한 분 수중에 들어왔기에
불현듯 자네 생각나 딸아이 편에 보내네

꽃대가 실한 것이 붓을 바로 세운 듯
그 아래 새로 나오는 꽃대들도 보이네
일하다 힘들 때마다 바라보며 하게나.

　　　　　2007년 8월 6일, 서울 아산병원에서 나태주 씀.

　　　　　　　나만 아는 풀꽃 향기

아버지가 보낸 열네 번째 편지

사위 성우에게.

월요일부터 금요일까지 잘 묵고 가네.

항상 바쁘고 피곤한 사람이라 깨우지 않고 살그머니 공주로 내려가네. 민애, 참 기쁜 소식이고 축복된 일이지. 하루에도 네다섯 번씩 기도를 드렸는데 그 기도, 들어 응답해 주신 거야.

그 어떤 일보다도 올해는 이 일에 최선을 다하고 최우선을 두어 생활해야 할 거야. 최 씨댁 집안일이지만 자네가 잘 살피고 알아서 지혜롭게 모든 일 헤쳐 가기 바라네. 또 그럴 줄 충분히 믿는 바야.

마음은 늘 염려와 함께 자네들 옆에 있을걸세. 민애 잘 부탁하네. 출가했다고는 해도 그저 엄마 마음, 애비 마음이 딸아이를 두고서는 안쓰러운 마음뿐이라네. 있으면서 보니 너무 힘들게 일하는 것 같던데 부디 몸조심 잘하고 먹는 것 잘 챙겨 먹어 가며 일하게. 건강을 비네. 쉬는 것도 잊지 말고…….

2008년 1월 12일 아침, 나태주 씀.

나만 아는 풀꽃 향기

아버지가 보낸 열다섯 번째 편지

민애에게.

아빠, 하루 저녁 잘 쉬고 아침밥 차려 주어서 잘 먹고 잠시 누워 있다가 점심 약속이 있어 밖으로 나간다. 와서 보니 생각했던 것보다 편안하고 건강한 것 같아 마음이 놓인다.

엄마와 늘 너와 너의 남편에 대해 기도를 하고 그랬는데 그 기도가 이루어지고 있는 것 같아 감사한 마음이다.

그러고 보니 작년 이맘때, 대전 을지병원에 있던 생각이 나는구나.

살아서 서울 나들이하고 너의 집에 오고 더구나 네가 건강하게 남편이랑 살고 있는 것 보니 참으로 큰 기쁨이구나.

부디, 마음 편히 잘 지내거라.

하루하루를 천국의 삶으로 알고 살거라.

2008년 3월 15일, 아버지 나태주 씀.

나만 아는 풀꽃 향기

아버지가 보낸 열여섯 번째 편지

민애에게.

민애야! 너에게 편지를 쓰는 것이 언제인지 모르겠다. 아마도 네가 대학교 초급 학년 때였는지 고등학교 때였는지 모르겠다. 날마다 전화 통화가 가능하고 이메일로도 의사 표현이 가능하지만 그래도 이렇게 한번 네게 편지를 써보고 싶었다.

전화에서도 한 말이지만 너는 장한 내 딸이다. 아버지가 하지 못한 많은 일을 해 주었으며 지금도 그러고 있고 앞으로 그럴 줄로 믿는다. 네가 서울로 혼자서 간 것이 언제냐? 내가 교장을 발령받기 전해인 1998년의 일이다. 그 이후, 네가 이룬 일이 참으로 많다. 대학교 졸업, 대학교 석사 과정 수료 및 학위 취득 및 박사 과정 수료. 그러면서 너는 결혼을 해서 판사의 아내가 되었고 변호사의 아내가 되었으며 딸 지원이의 엄마가 되었으며 또 《문학사상》이란 권위 있는 잡지에 평론이 당선되어 지금은 잘나가는 신예 평론가로 활약 중이다.

생각해 보면 참 고마운 내 딸이고, 장한 내 딸이다. 너는 애비가 시키지 않아도 알아서 제 길을 찾아가는 참으로 영리한 딸이다. 아버지가 보기에도 눈부신 인생을 사는 여성이다. 그야말로 힘과 용기를 느낄 수 있는 파워풀한 사람이다.

대학도 공부하지 못한 아버지, 서울에서 살아 보지도 못한 아버지, 문단에서 크게 주목받아 보지도 못한 시골 시인으로서의 아버지. 그런 아버지로서 내가 바라볼 때 자랑스럽고 부러운 삶을 사는 사람이다. 내가 하지 못한 일, 내가 살아 보지 못한 삶을 이루면서 살아가는 사람이다. 그래서 너는 내 삶의 대리인이다.

네가 잘 살면 내가 잘 사는 것이고, 네가 힘들면 내가 힘든 것이었다.

당초 너는 내 딸이면서 그런 사람이었다.

그런 사람인 너에게도 오늘은 2011년도 새해 벽두, 1월에 몇 마디 이야기를 들려주고 싶다. 그것은 전화에서도 한 말이지만 시간을 안배해서 쓰라는 말이다.

내가 보기에 너는 너의 생애 가운데 지금이 또다시 씨를 뿌리면서 중간결산을 해야 할 때인 것 같다. 말하자면 봄의 계절과 가을의 계절이 함께 있는 것이다.

그동안 너는 나름대로 씨를 뿌리고 그것을 가꾸어 왔다. 그것을 이제는 좀 거두어들여야만 할 것 같다. 왜냐면 더 이상 저대로 놓아둔다면 무잡하게 되고 질서가 무너지기 때문이지.

듣기 힘든 말이었겠지만 대학원 논문을 이제 정리해야 될 것 같구나. 그러면서 동시에 평론도 그만큼 많이(어쩌면 넘치게) 썼으니 그것도 거두어들여 광우리(책)에 담는 노력을 해야 할 것 같다.

처음 일을 시작할 때는 벅차고 힘들고, 그래서 피하고 싶지만 그 일이 낯선 일, 엉뚱한 일, 남의 일이 아니기 때문에 조금도 평탄하게 순리적으로 잘 이루어질 것으로 믿는다. 겁을 내지 말거라.

나는 네가 또 잘해 줄 것으로 믿는다. 그러기 위해서는 최 변호사의 전폭적인 지원과 응원이 필요해. 잘 이야기하고 상의해서 논문, 대학 강의, 평론 쓰기 및 책 내기 등 여러 가지 일들을 잘 이루어 내기 바란다. 그러기 위해선 또 시간의 안배가 절대적으로 필요하고 건강이 기본적으로 받쳐 주어야 해. '물 들어올 때 배질한다'는 말이 있어. 무슨 일이든 할 때 해야 된다는 말이지. 세상의 모든 일에는 때(시기)가 있다는 얘기이기도 하지. 지금이니 그렇지 나중에는 찾아다니면서 얼굴 익히고 서로 도움을 주고받아야 평론 쓰는 일도 맡긴단다. 넌 참 그런 점에서 행운아 중 행운아이지. 말하자면 선택받은 자 중에 또한 그런 자이지. 조금은 고달프겠지만 함부로 속단하지 말고 인내가 필요하다면 인내하고 생각이 필요하다면 생각하면서 조금씩 앞으로 나아가기 바란다. 너는 참으로 네 자신도 원더풀이지만 네 주변, 조건 그 인프라가 원더풀이요 환상이야.

자, 그럼 이제부터 파이팅이다. 힘내어 조금씩 조금씩 해 보자꾸나!

공주에서는 물론 도와주는 일이 별로 없을 거야. 그렇지만 엄마와 아빠는 가장 크고 능력 많으시고 사랑 많으신 하나님께 기도 드림으로 응원을 아끼지 않을 거야. 최 서방, 지원이랑 추운 날씨 잘 지내고 날마다 날마다 순간순간 행복을 감사하면서 잘 있기 바란다. 힘든 일 있거든 엄마에게든 아빠에게든 전화하거라.

자랑스런 우리 딸, 장한 우리 딸 민애. 파이팅!

2011년 1월 15일, 아버지 나태주 씀.

민애의 첫 번째 편지

뵙고 싶은 어머니 아버지께.

엄마, 수학여행 이후 처음으로 엄마를 떠나 자게 되었습니다. 어리광이나 장난이 통하지 않는 이곳은 지금까지 살던 곳과는 차원이 다른 4차원의 세계 같고, 꿈속을 헤매는 듯 몽롱합니다. 지금 막 촛불 행진을 마치고 돌아온 후 잠자기 전에 편지를 쓰는 것입니다.

이 딸을 장하게 생각해 주세요. 아빠 덕분인지 몰라도 캠프파이어 사회를 맡아 보았는데 예상외로 잘했다고 생각합니다. 이틀 동안 '하면 된다, 오리 꽥 꽥' 등을 외치며 산을 넘었습니다. 온몸에 땀이 흐르는 걸 느낄 수 있었고, 집과 달리 밥도 직접 하고, 목욕도 잘 못하고 모든 것이 불편합니다. 오늘도 비탈길을 오리걸음으로 오르고, 힘찬 복창

나만 아는 풀꽃 향기

을 해 댔습니다. '엄마, 아빠', '엄마, 사랑해요' 이런 말을 외칠 때마다 눈물이 났습니다. 하지만 안 울었어요. 이 딸은 모든 코스를 마쳤답니다.

엄마, 거짓말 하나 안 보태고 협동 정신, 친구 잘못 덮어주는 마음, 질서 정신 등을 배웠습니다. 이제 이곳에도 겨우 적응이 되었는데 내일이면 떠납니다.

이 이기적인 딸은 너무나 많은 것을 배웠습니다. 집에 가면 또 변할지 모르지만, 이곳에서는 너무나 의젓합니다. 오늘 6시간, 어제 3시간 기합과 훈련을 받고 나니 다리가 아파 걷기도 힘듭니다.

엄마, 제 옆에는 친구들이 쪼그리고 앉아서 각각 편지를 써요. 땀내가 절긴 해도 힘든 일 같이한 친구들입니다. 엄마, 정말 보고 싶습니다. 잘 시간이 다 되었네요. 내일 뵐게요.

1992년 8월 21일, 텐트에서 민애.

『앵봉산의 메아리(제2집)』(1993. 충청남도학생교육원) 수록.
공주북중학교 1학년 때의 글.

 민애의 두 번째 편지

아빠에게.

방금 아빠네 학교 웹사이트 들어갔었는데 참 이쁘네. 다른 선생님들 사진하고 달리 아빠 사진만 튀더라. 교장 선생님 인사말도 읽었지.

어제 아빠 생일이었는데 집에 못 가 봐서 미안해요. 가 봤자 할 일도 없고 번잡스럽게 만드니까 안 갔어.

어제 규연이랑 백화점 가서 아빠 잠옷 골랐는데 진짜 실크보다 주름도 안 생기고 더 좋다고 해서 물실크 잠옷 샀어. 난 분홍색 사려고 했는데 사람들이 남자는 분홍색 안 입는다고 해서 하늘색 샀거든. 근데 하늘색도 이뻐. 좀 얇으니까 안에 내복 입고 입으세요.

오늘 우체국 가서 아빠 학교로 부칠 거야. 그리고 그 안에

나만 아는 풀꽃 향기

지난번에 산 음악 CD도 넣었으니까 잘 받으시구요. 집에 안 갔어도 나 만한 딸이 어딨어? 오빠는 아직 자리가 안 잡혔고 나도 과도기이고 그러니까 엄마 아빠한테 잘해 주지 못하는데 나중에 자리 잡고 효도하려고 하면 부모가 없어서 한이 맺힌다잖아.

그러니까 나랑 오빠 슬프게 만들지 않으려면 아빠가 오래 살아야 해. 내가 죽어 봐. 아빠 얼마나 슬프겠어. 그러니까 아빠도 오래 살아. 옷 받고 입어 보고 사이즈랑 색이랑 맘에 안 들면 말해요. 바꾸면 되니까. 엄마랑 사이좋게 지내구. 저녁 때 전화할게요.

이 편지는 2003년 3월 17일, 이메일로 온 것.

✉ 민애의 세 번째 편지

엄마, 아빠.

저 신혼여행 보내고 쓸쓸해하실 두 분께 이 세상에서 엄마 아빠를 가장 사랑하는 딸 민애가 편지 드립니다.

결혼식이란 탄생과 죽음을 제외하고 한 사람의 인생에서 가장 큰 행사입니다. 얼마나 힘드셨습니까. 그리고 앞으로 얼마나 노심초사가 되시겠습니까.

첫 혼사를 치르고 병이 나셨겠지요.

엄마는 얼굴이 부었고 아빠는 다리가 아프십니까.

두 분이 이 글을 읽고 있을 때쯤이면 저는 엄마 아빠의 사위와 함께 태어나서 처음 보는 아름다운 휴양지에서 산책을 하고 있을 겁니다. 저는 즐겁게 쉬고 있을 텐데 이 편지

나만 아는 풀꽃 향기

를 두 분이 함께 읽으며 또 눈물지으실 테니, 아마도 자주 아빠의 시를 읽던 때처럼 어머니가 소리 내어 읽으시고 아버지는 울고 계실 테니 마음이 참으로 아픕니다.

두 분이 우시라고 편지 드리는 것이 아니라 즐거우시라고 드리는 것이니 읽고 가볍게 즐거운 마음으로 편안히 잠 주무시기를 바랍니다.

1979년 장마 지는 6월에 엄마 아빠 저를 낳으셨을 때 두 분은 아주 젊고 어깨가 무겁고 지갑은 한없이 가벼워 삶이 팍팍하셨겠죠. 아버지는 딸을 낳고 즐겁기보다 마음이 무거우셨습니다. 그리고 남의 집에 시집 보낼 아이라 혼내지도 않고 없는 집이지만 제일 좋은 옷만 입히고 좋은 것만 먹이려고 하셨습니다.

저는 항상 기억력이 부족하고 과거의 일을 잘 잊어버리지만 늘 머리 위에 따라다니던 엄마 아빠의 마음을 항상 잊지 않았습니다. 저, 어린 나이에도 우리 부모님은 참 힘들어 보였습니다. 엄마는 아팠고 아빠도 아팠고 집은 작았고 기댈 이는 없었고 우리 네 식구의 처음은 참으로 미약했습니다.

저 어렸을 때에는 아빠를 비난하기도 했고 대든 적도 있었지만 지금 생각해 보면 몹시 좋지 않은 상황인데도 아버지는 그 상황을 몇 차례나 반전시키며 살아오셨습니다. 어른이 되고 보니 그렇게 노력하고 여러 가지를 잘 해내기란 지금의 제겐 감히 엄두도 나지 않을 만큼 힘든 일이었다는 것을 알겠습니다.

초등학교에 들어갈 때 시계도 읽지 못했던 제가 학교에 들어가서 저보다 많은 것을 가진 아이들보다 조금씩 더 나아지고 지금 이렇게 절망이 아닌 희망을 가지고 있게 된 것은 단연코 두 분이 제게 녹아 있기 때문입니다.

저는 초등학교 때부터 엄마를 생각하면서 책상 의자에 허리를 붙이고 앉았고 집에 있을 우리 엄마를 되뇌며 고개를 곧추세우고 걸었습니다. 그때부터 내가 부러지면 우리 부모가 부러지는 거였고 우리 부모를 대신해서 내가 뛴다고 생각했습니다. 제가 앞에 나가 단상에서 상을 받으면 우리 부모가 상을 받는 것이어서 기뻤고 제가 일등을 하면 우리 엄마가 일등을 하는 것이니까 기뻤습니다. 그래서 잘 못하는 일이 있거나 뒤처지게 되면 혼날까 봐 무서웠던 것이 아니라 우리 부모의 명예를 깎아 먹을까 봐, 우리 부모가 울까 봐 싫었을 뿐입니다.

나만 아는 풀꽃 향기

엄마가 많이 아팠는데 엄마의 복스런 얼굴이 저로 인해 웃는 것은 태어나 제가 가장 기뻤던 일이었습니다. 중학교 2학년 담임선생님인 이순영 선생님이 얼마 전에 아빠 말씀을 하시던데 네가 잘난 것도 있지만 지금의 네가 있기까지는 아빠의 공이 아주 크다고요. 제가 서울대학교에 들어간 것은 아빠가 함께 들어간 것입니다. 많은 사람들에게 들었던 말입니다. 저는 나태주 딸 나민애가 그냥 나민애보다 더 좋습니다. 아빠의 후광이 아주 커서 제 어깨가 무거워도 기꺼이 무겁겠습니다. 아빠를 짊어지고 갈 힘을 아빠가 제게 주었고 제가 아빠와 함께 가는 것을 즐거워합니다.

예전에 한 사람이 하나님을 불평했다고 합니다. 내가 그렇게 힘들고 험난한 길에 있을 때 그 길에는 한 사람만의 발자국만 있었는데 그렇다면 구원의 주님은 어디서 무얼 했느냐고. 그러나 하나님이 말하길 나는 그때 너를 업고 걸어가고 있었다고 말했답니다. 제 인생의 발자국이 우리 부모와 여섯 발자국 세 줄이 아니라 나를 업은 아빠의 발자국과 나를 업은 엄마의 발자국과 엄마 아빠를 업은 내 발자국 하나라는 것을 압니다. 아빠가 전생 이야기를 많이 하는데 아마도 전생에 저는 엄마 아빠에게 빚을 많이 준 큰 부자였나 봅니다.

지금 가장 걱정되는 것은 두 분의 마음에 생겼을 공백입니다. 사위가 아들이라고는 하지만, 그리고 며느리가 딸이 되어 들어올 것이라고 하지만 두 분 마음에서는 26년간 키운 딸을 보낸 것이라 생각이 드실 것이고 혹시라도 그로 인해 마음이 허전하고 쓸쓸하실까 봐 걱정됩니다. 분명 허전하실 텐데 그러실 이유 하나도 없습니다. 제 말 믿으세요. 저는 엄마 아빠 옆에 뿌리 내리고 튼튼한 나무가 되어 세월을 함께 보낼 것입니다. 두 분에게 닥칠 홍수와 가뭄이 쉬 지나가도록 곁에서 꼭 붙들고 있을 겁니다. 그러기 위해 관문 넘기를 선택했습니다.

제가 표면상 집을 떠나온 지는 벌써 7년째입니다. 서울로 유학 와서 저는 신나게 지냈을 때에 엄마 아빠는 아마 가장 많이 늙으셨을 겁니다. 쓸쓸함은 그때 느끼신 것으로 그치시기 바랍니다. 제가 엄마 아빠를 생각해서 이를 악물고 살았다고 했습니다. 누가 엄마 아빠를 해하려 하면 내가 막을 것이다, 두 분이 기댈 사람이 없으니 내게 기대게 할 것이다, 생각하고 더 빨리 자라고 더 강해지고자 했습

나만 아는 풀꽃 향기

니다. 두 분 생각해서 오른손 중지가 휘도록 단어를 썼고 서울 와서도 엄마 아빠를 생각해서 인격적으로 성숙한 사람이 되고자, 내 얼굴에 부모의 얼굴을 함께 지니고자 희망했습니다.

그러니까 나는 엄마 아빠 없이는 내가 아닙니다. 그러니까 쓸쓸해하실 것 없습니다. 결혼하고 더 어른이 되고 더 강하고 아름다운 사람이 되어 두 분과 함께 살려고 결혼을 한 겁니다. 시부모님을 잘 모시고 살 것이고 남편과 의좋게 지낼 것이며 아이를 낳아 잘 기를 겁니다. 이 한 문장밖에 안 되지만 너무나도 어려운 일들을 모두 부모와 할 겁니다.

아빠는 시집보낸 딸이란 일차적으로 '보낸'이라고 생각하시겠지만 등 떠밀어도 저는 여기 있습니다. 항상 달리지만 엄마 아빠 옆에서는 달려 나가지 않을 겁니다.

1986년, 1992년, 1995년, 1998년, 2002년 저는 입학을 했습니다. 그리고 엄마 아빠는 저와 함께 학교를 다닌 것은 아니지만 학부형이 되었습니다. 2005년 3월에 저는 다시 입학을 합니다. 아버지, 저는 다시 신입생이 될 것입니다. 언젠가처럼 시작은 미약하나 그 끝은 창대하리라 믿습니다. 그리고 엄마 아빠는 저의 입학으로 여전히 학부모가 될 것입니다. 저는 영원한 학생이고 엄마 아빠는 영원한 학부모입니다. 지금은 두 분께 좋은 성적표만 보여 드리고 싶은 지난 19년간의 학교생활과 같은 마음입니다. 두 분은 가장 복잡했을 입학식을 잘 치르셨습니다. 지금까지 그래 왔듯 항상 집에 있어 주시고 항상 지켜봐 주십시오. 풍수지탄*이라, 자식이 효도하려면 부모가 안 계시다 했습니다. '반중 조홍감이 과와도 보여 품어감즉도 하지만 품어가도 반길 이 없으니 이를 글로 써 설워하노라' 박인로가 썼습니다. 제가 설워하더라도 많이 늦게 서러워하도록 하십시오.

제가 달려갈 길을 두 분은 여유로이 걸어가시기를. 두 분에게는 시간이 더디 흐르기를, 그리하여 항상 건강 지키시고 아름다운 느림의 인생이 되시길 바랍니다.

앞으로 저로 인해 웃을 일을 만드는 자랑스런 딸이 될 겁니다. 오래 기뻐해 주시고 즐겨 주십시오.

두 분은 제게, 또 오빠에게 평생의 등불입니다. 영화나 소설에 나오는 어떠한 운명의 사랑이나 폭풍 같은 마음도 우리 가족 같지는 못할 겁니다.

* 어버이 돌아가시어 효도하고 싶어도 할 수 없는 슬픔을 이르는 말.

나만 아는 풀꽃 향기

엄마, 아빠 신혼여행 잘 다녀오겠습니다.

전화할게요.

2004년 5월 21일 금요일,

사랑을 담아 딸 나민애 올림.

이 편지는 결혼을 앞두고 쓴 편지.

민애의 네 번째 편지

참 소중한 아버지께.

언젠가 울고 있던 제게, 아버지는 말씀하셨죠.

비는 언젠가 그친다고.

어떤 일이든 견디면 지나간다고.

그 말을 생각하며 하루하루 감사하는 요즘입니다.

아버지야말로 그 많은 것들을 견디고 살아오셨잖아요.

그래서 제게는 견디라는 말에 대한 믿음이 더 커졌는지도
모릅니다.

세상 모든 아버지가 그렇듯, 아버지는 오욕의 세월을 건너
식솔을 책임지는 가장의 고통을 짊어지고 있었고 진정한
모든 시인이 그렇듯, 창작의 세계와 현실의 세계를 병행하

나만 아는 풀꽃 향기

기 위해 이를 악물어야 했습니다. 그리고 2007년도에는 죽음을 넘나드는 그 지난한 시간을 견뎌야 했습니다.

저는 지금도 중환자실에 누워 있던 아버지의 모습을 잊을 수 없습니다. 아버지의 온몸은 파랑과 회색이어서 이미 세상 사람이 아닌 것 같았습니다.

서울에 와서 재수술한 다음에도 피가 멈추지 않아 복수와 핏물로 배는 터질 듯 부풀었습니다. 그때 피 주머니를 차고 우두커니 앉아 있던 아버지를 생각합니다. 그 창백한 낯빛은 너무나 처연해서 아버지는 부스러질 것만 같았습니다. 하루에도 몇 번, 아버지는 죽는구나, 절망하다가 하루에도 몇 번, 아버지는 살 수 있다, 희망하다가 끝내는 엎드려 울면서 기도했습니다.

당시에 할 수 있는 일은 우는 것과 기도하는 것 두 가지 외에는 없었습니다. 아버지의 얼굴을 닦고 손발을 주무르며 이 일이 마지막이 될까 봐 늘 두려웠습니다.

아버지는 세상에서 나를 가장 오래, 그리고 많이 사랑한 사람.

모든 세상이 등 돌려도 내 곁에 남아 줄 마지막 사람.

저는 아버지가 돈도 밥도 나오지 않는 문학에서 고통과 행복을 자처하는 모습을 보고 그 모습을 이해하지 못하면서도 이해하고 싶어서 역시 돈도 밥도 되지 못할 문학을 선택했습니다.

시를 공부하고 평하는 것이 제 직업입니다. 아버지의 작품은 객관적으로 다룰 자신이 없어 늘 함구합니다만, 제가 평생 문학 공부를 업으로 삼겠다고 한 이 결정 자체가 평생(아버지가 살아 계실 때나 언젠가 제 곁을 떠나신 후에도) 아버지의 곁에 있고 싶다는 마음의 표현이라는 것을 아버지는 알고 계시지요.

제게 있어 평생의 시 공부는 평생의 아버지 공부입니다. 이것은 남들은 몰라도 좋을, 아버지와 나만의 비밀입니다. 아버지, 오래 사세요.

2012년 10월 11일,
사랑을 담아 딸 민애 올림.

서울대학교 대학원 박사 과정 다닐 때 쓴 편지.

나만 아는 풀꽃 향기

멀고 먼, 나의 아버지

엄마 냄새는 구석구석 그렇게 좋을 수 없다. 목덜미의 살 냄새가 좋고, 손바닥에서 나는 반찬 냄새도 좋다. 나는 시각과 후각과 촉각을 다 동원해서 엄마를 사랑한다.

그런데 아버지는 뭐랄까, 엄마와 많이 다르다. 그건 호칭만 봐도 알 수 있다. 엄마한테는 '어머니'라는 소리가 안 나온다. 엄마는 처음부터 끝까지 그냥 '엄마'다. 엄마를 '어머니'라고 부르는 건 섭섭한 일이다. 반대로 아버지한 테는 호칭이 왔다 갔다 한다. 어려서는 아빠, 아버지 섞어 불렀는데 다 자라니까 아버지라는 호칭만 나온다. 아빠가 아니라 아버지라고 부르는 것이 하나도 섭섭하지 않다.

게다가 아버지는 내게 냄새로 존재하지 않는다. 엄마와

는 손을 잡지만 아버지의 손을 덥석 잡고 주무를 수 없다. 아버지 냄새, 라고 한다면 고작해야 술 냄새 정도만 떠오른다. 그러니까 아버지는 엄마와는 달리 촉각이라든가 후각 같은 감각이 될 수 없다. 그는 내 코에, 내 손에 있지 않다. 대신 머리로 생각되고, 인식으로 존재하는 사람이다. 항상 멀리에 있는 추상어가 '나의 아버지'였다는 말이다.

딸인 나에게 오래도록 우리 아버지는 살과 육체가 있는 한 사람이지 못했다. 아버지는 어떤 명령이고 의지면서 또한 정신이었다. 원래 육신은 가깝고 의지는 먼 법이다. 어머니는 가까운데 아버지는 왜 멀까. 이 차이는 조금 불편했다. 그래, 불편하고 어색했다. 돌아보건대 나는 '멀고 먼 아버지'를 사랑만 하지 못했다. 그는 내 시선의 끝에 머무는 사람, 나의 동경, 나의 원망이었다.

그러던 어느 날, 나의 추상적인 아버지는 한순간에 구체적인 아버지로 변모하게 된다. 그 계기는 병이었다. 집안의 정신이며 의지이고 뜻이었던 아버지가 통나무처럼 턱하고 넘어가 쓰러졌다. 형형한 눈빛이 꺾이고 재게 놀리는 두 다리가 묶이자 아버지는 한갓 육체가 되었다.

십여 년 전 내 아버지는 죽을 고비를 넘긴 적이 있다. 2년 정도 투병 생활을 했는데 그때 너무나 구체적인 '사람 아버

나만 아는 풀꽃 향기

지'를 처음 접하게 되었다. 내가 냄새로 엄마를 사랑했던 것처럼, 나는 '사람 아버지'를 냄새로 만났다. 아버지는 내장을 들어내는 수술을 몇 번이나 하고 침을 질질 흘리는 육신이 되어 누워 있었다. 그때 아버지의 침 냄새를 처음 맡았다. 아버지는 몸 바깥으로 연결된 소변 주머니를 차고 있어서 자주 갈아 주어야 했다. 그때 아버지의 소변 냄새를 처음 맡았다. 침 냄새와 소변 냄새는 전혀 역하지 않았다. 그것은 내 아버지의 첫 냄새였기 때문이다.

아버지는 그냥 사람이었는데, 나는 그를 사람이라고 보지 않으면서 자랐다. 아버지에게는 아플 육체가 있었지만 나는 그것을 인정하지 않으려고 했다. 내내 보았을 테지만 보지 못했다. 그러니까 아버지가 병들었던 그때 '사람 아버지'는 처음으로 발견되었던 것이다. 원래 있었지만 미처 알지 못했던 것을 찾아낼 때, 우리는 '발견'이라고 말한다. 그러니까 멀고 먼 아버지가 병든 아버지로 나타난 건 일종의 발견이었다. 그 아버지는 나보다 더 가벼웠고, 나보다 더 작았으며, 나보다 더 약했다. 대개의 발견은 기념비적이라는데 가벼운 아버지, 조그만 아버지, 약한 아버지의 발견은 그렇지 않았다. 그저 슬프기만 했다.

참 이상한 일이다. 첫 냄새 이후 아버지의 냄새는 자주 맡아졌다. 아버지가 다 나아서 병상을 털고 일어난 다음에도 그랬다. 이를테면 고속버스를 타고 딸네 집에 온 아버지의 입에서는 단내가 난다. 구겨진 아버지의 외투를 툭툭 털어 옷걸이에 걸다 보면 체취가 난다. 아버지가 매일 쓰는 베레모 모자에서는 머릿기름 냄새가 난다. 나는 그 냄새를 맡을 때마다 생각한다. 이제 아버지는 감각이 되어 내게 왔다고. 또한 나는 그 냄새를 맡을 때마다 알게 된다. 이제 아버지는 늙었고, 나는 다 자랐다고.

아버지는 늙으면서 저 멀리로부터 나에게 가까이 다가왔다. 나는 자라면서 저 멀리에 있는 아버지를 가깝게 끌어왔다. 그래서 우리는 지금 같은 곳에 서 있다. 딸이면서 한 사람인 나민애와 아버지면서 그저 한 사람인 나태주의 눈높이는 같다.

그래서 우리는 함께 책을 내기로 했다. 멀고 먼 아버지가 나에게 왔고 어색해하던 내가 아버지에게 도착했으니, 우리는 무릎을 마주 대고 이야기를 시작할 수밖에 없다. 불행히도 우리는 멀지 않은 시기에 다시 헤어질 것이다. 아버지는 아버지의 세상으로 가고, 나는 나의 세상에 남을 것이다. 희망하기로, 나는 아버지의 관이 있다면 그 안에 꽃을 넣지 않고 말을 넣을 것이다. 내 아버지는 시인이어

나만 아는 풀꽃 향기

서 꽃보다 말을 더 귀하게 여긴다. 듣지 못할 아버지의 귓전에 속삭여야 할 말, 그걸 미리 모아 여기 담는다. 나는 시인의 딸이니까 꽃보다 말을 더 귀하게 여길 줄 안다.

　나의 가깝고도 가까운 아버지께서는 귀를 열고 웃으시리라.

나민애